Dumanor D'Ennery

The Comedy of Don Caesar de Bazan

As Presented by Edwin Booth

Dumanor D´Ennery

The Comedy of Don Caesar de Bazan
As Presented by Edwin Booth

ISBN/EAN: 9783744791755

Printed in Europe, USA, Canada, Australia, Japan

Cover: Foto ©Andreas Hilbeck / pixelio.de

More available books at **www.hansebooks.com**

THE
COQUELIN-HADING
✦ EDITION. ✦

THE ONLY CORRECT VERSION OF OUR PLAYS,
TRANSLATED AND PRINTED FROM
OUR PROMPT-BOOKS.

DON CÉSAR DE BAZAN.

*As represented by COQUELIN-HADING and
Company under the management of*

MR. HENRY E. ABBEY
AND
MR. MAURICE GRAU.

PUBLISHED BY F. RULLMAN,
THEATRE TICKET OFFICE, 111 BROADWAY,
NEW YORK.

WYNKOOP, HALLENBECK & CO., PRINTERS, 191 Fulton Street, New York.

"WEBER"

OF NEW YORK,

RECEIVES THE HIGHEST AWARD

AT THE

CENTENNIAL

FOR

"Sympathetic, Pure, and Rich Tone, combined with greatest power,
as shown in three styles, **GRAND**, **SQUARE**, and **UPRIGHT**
PIANOS, which show intelligence and solidity in
their construction, a pliant and easy touch,
which at the same time answers promptly
to its requirements, together with
excellence of workmanship."

It is the sympathetic and rich quality of tone which has made the WEBER Piano the favorite of every singer as well as the public. It is these special qualities which, combined with purity and greatest power, in a voice makes the greatest singer, and which, in an instrument, make it the superior of its competitors. Purity, power, and duration are but cold exponents of mechanical excellence. Add to these qualities—as the judges say are contained in the WEBER—sympathy and richness of tone, and you breathe into it warmth and life, and you have the *ne plus ultra* of a piano.

This WEBER has done at the Centennial: and when the judges commend his instruments also for their solidity of construction and excellence of workmanship, they tell the public that the

Weber Piano is the Best in the World!

WAREROOMS:

NEW YORK—Fifth Avenue, corner Sixteenth Street.
CHICAGO—Weber Music Hall.

DON CÆSAR DE BAZAN.

DRAMA IN FIVE ACTS.

BY

DUMANOR & D'ENNERY.

CAST OF CHARACTERS.

CHARLES II., King of Spain.	MARITANA, a street singer.
DON CÆSAR DE BAZAN.	LAZARILLO.
DON JOSE DE SANTAREM.	A CAPTAIN.
THE MARQUIS DE MONTEFIOR.	A SAILOR.
THE MARCHIONESS DE MONTEFIOR.	A JUDGE.

POLICEMEN, LORDS, SOLDIERS, GYPSIES, POPULACE.

SCENE TAKES PLACE IN MADRID.

PUBLISHED BY F. RULLMAN,
AT THE THEATRE TICKET OFFICE, No. 111 BROADWAY,
NEW YORK.

DON CÉSAR DE BAZAN.

ACTE PREMIER.

Une place publique.

SCÈNE PREMIÈRE.

La Maritana, Le Roi, Gens du peuple, *puis* Don José.

Au lever du rideau, le peuple entoure la Maritana, qui chante. Le Roi, vêtu de noir et couvert d'un large manteau, se tient à l'écart, sur la gauche, les yeux fixés sur La Maritana, et semble absorbé dans sa contemplation.

CHOEUR.

Air de M. Pilati.

Allons, allons, ma belle,
Dis-nous tes gais refrains ;
Chanson vive et nouvelle
Dissipe les chagrins.

MARITANA.

Ier. Couplet.

Un roi de Castille
Un jour chevauchait ;
Une jeune fille
Dans le pré fauchait.
Sa voix douce et tendre
Charmait la moisson,
En faisant entendre
Joyeuse chanson.
Le roi de Castille.
Pris pour un simple écuyer,
Lui dit : Jeune fille,
Veux-tu mon cœur tout entier ?
Quoi ! dit-elle, il m'aime !
A moi, qui fais la moisson,
Le bonheur suprême,
Pour une chanson !

CHOEUR.

Ainsi, cette histoire
Dans les temps se passe :
Nous devons en croire
La Maritana.

Après le couplet, les gens du peuple se mettent à danser.

MARITANA.

2e Couplet.

Mais tout bonheur passe...
Le roi, certain jour,
S'en allait en chasse,
Suivi de sa cour ...
C'est bien ! lui dit-elle ;
Grand Dieu ! c'est le roi !
Puis, elle chancelle,

Tremblante d'effroi...
Mais le roi s'écrie :
Je t'aime ! et c'est pour jamais !
Suis-moi, je t'en prie,
Viens chanter dans mon palais ...
Et la jeune fille
Devint, après la moisson,
Reine de Castille,
Pour une chanson.

CHOEUR.

Ainsi, cette histoire
Jadis se termine :
Nous devons en croire
La Maritana.

Nouvelles danses, pendant lesquelles la Maritana fait sa quête.

Tous. Vive la Maritana !

Le Roi. (*La regardant.*) Qu'elle est belle !

José. (*Apercevant le Roi.*) Lui ! encore lui ! C'est la troisième fois qu'à pareille parure, je le surprends sur cette place !

Mar. (*Au Roi.*) Pour l'amour du ciel, seigneur cavalier !

Le Roi. (*A part.*) Sainte mère de Dieu ! Qu'elle est belle !

Mar. Votre excellence n'a-t-elle que son regard sévère et triste pour payer les chants de la Maritana ? Allons, mon gentilhomme, vous trouverez bien au fond de votre bourse quelques pauvres maravédis. (*Le Roi sans la quitter des yeux, jette une pièce de monnaie sur son tambour de basque, et s'éloigne précipitamment.*) Un quadruple ! un beau quadruple ! d'or ! Et moi qui tremblais en approchant le cavalier ! moi qui me sentais glacé par son regard ! Oh ! j'avais tort : c'est quelque grand seigneur, bien compatissant, bien généreux, et surtout bien riche.

José. (*S'approchant d'elle.*) On vous a donc fait, mon enfant, une bien belle offrande ?

Mar. Voyez ! Quelque noble seigneur.

José. C'est don Rafaël d'Arpinas, le plus riche banquier de l'Espagne. (*A part.*) Ah ! majesté ! vous pouviez vous trahir ! (*On entend sonner les cloches.*)

Mar. L'angelus ! (*Tous s'agenouillent, puis se relèvent et s'éloignent lentement.*) Voilà que l'on m'abandonne pour aller à l'office.—Au revoir, mes bons amis ; dans une heure vous me retrouverez sur cette place—prête à annoncer l'avenir, à vous dire la bonne aventure. (*Elle reconduit ceux qui s'éloignent.*)

José. (*Sur le devant.*) Lui ! le roi ! amoureux de la Maritana !

SCÈNE II.

MARITANA, Don José.

Mar. (*Revenant.*) Plus personne.—

José. Si fait—un ami.

Mar. Un ami ?

José. Qui veut aussi payer le plaisir que vos chants lui ont causé. (*Il lui donne un quadruple.*)

DON CAESAR DE BAZAN.

ACT I.

(A public square).

SCENE I.

MARITANA, THE KING, Populace. Then DON JOSE.

At rise of curtain crowd surround Maritana who is singing. The King dressed in black, enveloped in a large cloak standing apart L. His eyes fixed on Maritana and absorbed in contemplation.

CHORUS.

Come maiden so pretty,
Give us a ditty—
Something lively and new,
Will make our griefs few.

MARITANA.

1st. verse.

A King of Castile,
Passed one day through a field,
A young girl was mowing,
Her voice tender growing,
Singing so cheerily,
Toiling so wearily,
This haughty King of Spain,
A simple squire did feign,
Thus to address the maiden:
"Take my heart with love laden!"
"What! he loves me, said she,
I who rake hay may be,
Blessed for a song."

CHORUS.

This old story we must receive,
For Maritana would ne'er deceive.

MARITANA.

2nd. verse.

But all happiness is fleeting,
She, one day the King meeting,
On his gallant steed bounding,
With gay court, and horns sounding.
'Tis the King in his might,
She cried trembling with fright.
Great God! It is he,
Ah, woe is me.
"I love thee, 'tis forever,
I will leave thee, no never."
Said the King at her side,
You shall be my bride.

And the maiden so pretty,
All for a ditty,
Became Queen of Castile.

CHORUS.

This ends the story,
To Maritana's glory.
(All dance round whilst Maritana takes up collection.)
All. Long live Maritana!
King. (Looking at her.) How beautiful she is!
Jose. (Perceiving the King.) He! He again! This is the third time that I have surprised him here on such an errand.
Mar. (To the King.) For the love of Heaven, my lord.
King. (Aside.) Holy Mother of God! How beautiful she is.
Mar. Has your Excellency only grave and severe looks to pay Maritana for her song? Come my lord, in the bottom of your purse you will surely find some poor farthings. (King without taking his eyes from her face tosses a piece of money in her tambourine and walks away suddenly.) A dubloon? A beautiful golden dubloon! And I who feared to approach this cavalier, who felt my heart freeze beneath his look! Oh! I was wrong. He is some great lord, who is very kind, very generous, and above all very rich.
Jose. (Approaching her.) Ah, my child, you have received a beautiful gift there.
Mar. See! Some noble lord.
Jose. It is Don Raphael d'Arpains, the richest banker in Spain. (Aside.) Aha, your Majesty! You might have betrayed yourself. (Bells are heard ringing.)
Mar. The Angels! (All kneel, then rising walk away slowly.) They all leave me to attend the service. Au revoir, my good friends; in an hour from now you will find me on this square ready to announce the future, and tell your good fortune. (She watches them going away.)
Jose. (Down front.) He! The King! in love with Maritana.

SCENE II.

MARITANA, DON JOSE.

Mar. (Coming back.) All gone.
Jose. Yes—except one friend.
Mar. One friend?
Jose. Who wishes to pay you for the pleasure your song has given him. (Gives her another dubloon.)

Mar. Un quadruple ! (*Tristement.*) Encore un !

Jose. De quel air vous dites cela ! Est-ce l'offre de cet or qui vous attriste ainsi ?

Mar. Oui, monseigneur.

Jose. Pourquoi ?

Mar. (*Hésitant.*) Pourquoi ?

Jose. Je vous ai dit que vous m'intéressiez—vous pouvez fier à moi.—Eh bien ? vous hésitez ?

Mar. Pardonnez-moi, monseigneur ; mais je suis orpheline, trop pauvre pour avoir des amis, et il y a si longtemps que j'ai perdu ma mère, que mon cœur ne sait plus confier à personne ses joies et ses douleurs.

Jose. Et d'où vient que mon quadruple vous attriste de la sorte?

Mar. Parce que—parce que c'est trop—ou pas assez.

Jose. Comment ?

Mar. Lorsque j'étais enfant, ceux que mes chansons importunaient me jetaient quelque petite monnaie pour se débarasser de moi—Maintenant, que je suis femme, on ne me renvoie plus, on m'écoute.—On ne m'écoute pas seulement, on me regarde.—On ne me jette plus dédaigneusement un maravédis—on m'offre des réaux, et quelquefois de l'or !

Eh bien ! cet or monseigneur, a chassé de mon âme la paix et la sérénité... Enfant, j'étais heureuse, quand j'avais le pain du jour et le pain du lendemain... A présent, je fais des rêves d'ambition et d'orgueil... Ces pièces d'or qu'on me donne, je les compte chaque soir, et je me désespère en songeant combien il en faudrait encore pour payer de riches parures, des joyaux, des pierreries, tout ce que je rêve enfin !

Air de la Reine d'un jour.

Des chevaux, des valets,
Un carrosse, un palais,
Des habits de duchesse
Eclatants des richesse,
C'est cela que je veux,
Oui, voilà tous mes vœux !
Ah ! quand donc viendrez-vous
A vous longtemps je prétends,
Et voilà si longtemps,
  Si longtemps,
Que je rêve et que j'attends.

Quand passe une comtesse,
En beaux habits de cour,
Je dis avec tristesse :
Quand donc viendra mon tour ?
Mais bientôt dans l'espace
En vain mon œil la suit...
Ce char doré qui passe,
C'est mon rêve qui fuit !
Beau carrosse et doux rêve,
Qu'un seul instant m'enlève,
Chaque nuit, chaque jour,
J'attends votre retour !...
Des chevaux, des valets, etc!

Jose. (*A part.*) Ambitieuse et coquette c'est bien.

Mar. Vous riez de ma folie, n'est-il pas vrai, monseigneur?

Jose. Moi !... non pas, je vous jure... Je pense même que tous vos beaux rêves pourraient bien s'accomplir un jour.

Mar. Vous croyez me surprendre ou me flatter en me disant cela... vous vous trompez, monseigneur.

Jose. Vraiment ?

Mar. Oui, j'ai comme un vague pressentiment —comme une secrète espérance. Et puis, on s'occupe de moi, on parle de moi dans Madrid... Des personnes du plus haut rang... et il en est une... plus puissante et plus élevée que les autres...

Jose. (*A part, frappé de surprise.*) Le Roi ! (*Haut.*) De qui donc parlez-vous?...

Mar. De la reine !

Jose. (*Surpris.*) La—

Mar. La reine, qui plusieurs fois a fait arrêter son carrosse pour m'entendre chanter, qui a daigné jeter sur moi un regard plein de compassion et de bienveillance, qui a souri à mes chansons joyeuses, a pleuré a mes ballades plaintives... (*Avec fierté.*) Oui, monseigneur, j'ai fait pleurer la reine !

C. A. D. Vive la reine !...

Mar. (*Vivement.*) C'est elle !... qui revient de l'église de la Visitation !... je cours me placer sur son passage... Je ferai peut-être encore couler une de ces précieuses larmes ! Et voyez-vous, monseigneur, toute ambitieuse que je suis, j'aime encore mieux cette aumône-là que la vôtre !

Jose. Au revoir, la belle Maritana !

[*Elle sort.*

SCÈNE III.

Jose. (*Seul.*) Oui, tout ce que tu rêves tu pourras le posséder—car tu possèdes déjà mille fois plus que ces grandes dames dont tu envies le sort—toi qui as su réveiller le cœur endormi de ce roi ! Ah ! il est amoureux, ce monarque austère et triste, inaccessible jusqu'à ce jour à toutes les séductions, dont les yeux ne s'étaient jamais arrêtés sur une femme, pas même peut-être sur la sienne ! Il a un cœur et des desirs ! Ce sont pour moi de puissants auxiliaires ! Donner une maîtresse à ce roi, c'est à la fois le dominer par celle dont j'aurai fait une favorite, et détacher la reine de son mari, qui l'aura outragée—La reine ! qui sait quel espoir me sera permis, si je parviens à mettre autant de jalousie dans son cœur (*mystérieusement*) qu'il y a d'amour dans le mien ! Mais comment arriver à ce but? L'inflexible étiquette de notre cour ne permet pas de tenter le moindre rapprochement entre le roi d'Espagne et une fille de rien. Obstacle insurmontable ! Et cependant, pour que la pensée du roi se fixe sur cette femme, pour que ce désir devienne passion, il faut la présence de Maritana à la cour, il lui faut le droit d'approcher sa majesté, c'est à dire un nom un titre—tout ce que donne un grand mariage— moins le mot cependant. (*On entend un grand bruit de l'hôtellerie.*) Encore quelque querelle ! —decidement, je ferai fermer de tripot du Penas.

SCÈNE IV.

Don Jose, Don César.

Ces. (*Sortant de l'hôtellerie, un peu aviné.*) Vous êtes de misérables fripons, que je châtierais— je ne craignais de salir mon épée ! (*Au public.*) Je viens de jouer avec des manants—et ils m'ont volé—comme des grandes seigneurs ! (*Secouant ses poches.*) Oh ! ils ne m'ont rien laissé—et si la Providence ne m'envoie pour ce soir un souper et un gîte—j'aurai le ciel pour m'abriter et le grand air pour me nourrir—Le gîte n'est pas chaud et le souper est léger.

Jose. (*Qui l'a observé.*) Eh mais ! si je ne me trompe—c'est don César de Bazan !

Ces. Don Jose de Santarem ! (*A part.*) Il est fort bien couvert. Quel intérêt peut-il avoir à me reconnaître ?

Mar. A doubloon ! (Sadly.) Another one ?

Jose. With what an air you say that. Is it the sight of this gold that saddens you ?

Mar. Yes, my lord.

Jose. Why ?

Mar. (Hesitating.) Why ?

Jose. I told you that you interested me—you can confide in me. Well ? You hesitate.

Mar. Pardon me, my lord ; but I am an orphan too poor to have friends, and it is so long since I lost my mother that my heart has forgotten how to confide its joys and its sorrows.

Jose. But how is that my poor doubloon makes you so sad ?

Mar. Because—because it is too much—or not enough.

Jose. How ?

Mar. When I was a child those whom my songs annoyed threw me a few farthings to get rid of me—now, that I am a woman, they never send me away, they listen to me. They not only listen to me, they look at me. They no longer throw, with a disdainful air, a few farthings to me, but they offer me silver and sometimes gold. Well, my lord, this gold has driven all peace and serenity from my soul ; as a child, I was happy when I had bread for the day and bread for the next day—now dreams are of ambition and pride. These pieces of gold that are given me, I count every night, and become desperate when I think how many more I should need to pay for the rich jewels and fine clothes, in fact for all that I dream of!

Air of the Queen of a Day.

Horses, carriages and grooms.
Dresses, laces and heirlooms,
Of Dukes and Princes so fine,
Do I long to make mine.
Yes, my soul seems on fire,
With this ardent desire,
Oh, how long shall I sigh—
As the time passes by ?
Shall I never attain—
Shall I wait in vain ?
When a Countess admired,
In Court robes attired,
I see appear,
Passing so near,
With envy I burn,
And await my turn.
But soon from my sight,
A gilded chariot so bright,
Bears her away to pleasure—
To bliss without measure,
The fruit of fortune to reap,
While I watch and weep.
Horses, carriages and grooms, etc.

Jose. (Aside.) She is ambitious and a coquette, good.

Mar. You laugh at my folly, it is not so my lord ?

Jose. I !—Not at all, I swear—I was only thinking that all your beautiful dreams might some day be realized.

Mar. You think you surprise or flatter me by saying that—you are mistaken, my lord.

Jose. Truly.

Mar. Yes, I have a vague presentiment—like a secret hope. And then they speak of me in Madrid—persons of the highest rank—and there is one—more powerful and above all the others!

Jose. (Aside, surprised.) The King! (Aloud.) Of whom do you speak ?

Mar. The Queen.

Jose. (Surprised.) The——

Mar. The Queen, who often stops in her carriage to listen to my songs, and has condescended to look on me with compassion and kindness; she has smiled when my songs were joyous, and wept when they were sad—(proudly) yes, my lord, I have made the Queen cry. (Voices outside.) Long live the Queen. (Quickly.) It is her, returning from the Church of the Visitation,—I will run and place myself on her path, and perhaps I can again cause those precious tears to flow. You see, my lord, ambitious as I am, still prefer her tears to your gold.

Jose. Au revoir.beautiful Maritana.

[She exits.]

SCENE III.

Jose. (Alone.) Yes, all these dreams can be realized—for you possess already a thousand times more than these great ladies whom you envy—You have awakened the King's heart! Ah! He is in love, this austere and gloomy Monarch, inaccessible up to this time to all attractions ; whose eyes have never been fixed upon a woman, not even his own wife. He has a heart and desires ! Powerful auxiliaries for me ! To give a mistress to this King would be at once to rule him through the favorite, and detach the Queen from her husband by whom she has been betrayed. The Queen ! Who knows what hopes I may aspire to, if I succeed in instilling in her heart the jealousy, (mysteriously) and the love which fills mine. But how to attain this end ? The inflexible etiquette of our Court does not allow the least approach of a peasant girl to a King of Spain. Insurmountable obstacle ! and however, that the thoughts of the King should be fixed on this woman, that this desire should become a passion, Maritana's presence at the Court would be necessary, she must have a right to approach his Majesty, in other words she must have a name and a title—all that a great marriage can give—without its consummation however. (Noise heard in the Inn). Another quarrel! Decidedly I must close that Tavern of Penas.

SCENE IV.

Don Jose, Don Cæsar.

Cae. (Entering from the Inn, under the influence of liquor.) You are miserable rogues, and I would punish you—if I were not afraid of soiling my sword! (To the public.) I have just been gambling with beggars—and they have robbed me—as lords? (Shaking his pockets.) Oh! They've not left me anything—and if Providence doesn't send me a supper to-night and a bed—I will have the heavens to cover me and the free air to nourish me. The shelter is not warm, and the supper is airy.

Jose. (Who has been watching him.) Hey! If I am not mistaken this is Don Cæsar de Bazan!

Cae. Don Jose de Santaren. (Aside.) He is well dressed. What interest can he have in recognizing me?

Jose. (*Lui tendant la main.*) Qu'il y a long-temps que nous ne nous sommes vus !

Ces. C'est vrai.

Jose. Nous étions jeunes alors.

Ces. Jeunes et brillants. (*Il regarde son manteau.*) Comme on change !

Jose. Vous aviez un beau nom et une grande fortune.

Ces. J'ai conservé l'un, et j'ai perdu l'autre. Je n'ai pas besoin de vous dire--ce qui me reste.

Jose. En effet, je m'en souviens, votre ruine a fait grand bruit autrefois.

Ces. Oui, mes créanciers ont beaucoup crié.

Jose. Et votre position n'a pas changé ? C'est une si lourde tâche qu'un arriéré à combler ! que de vieilles dettes à acquitter !

Ces. Il y a cependant, par le temps qui court, une chose plus difficile encore que de payer d'anciennes dettes.

Jose. Et laquelle ?

Ces. C'est d'en faire de nouvelles.

Jose. Vous aviez quitté Madrid ?

Ces. J'y rentre aujourd'hui.

Jose. Et où êtes-vous allé ?

Ces. Partout où l'on se bat, où l'on boit, où l'on aime. Mais les deux villes où j'ai fait le plus long séjour, sont Alicante et Xerès--je ne sais plus pourquoi.

Jose. Vous avez mené joyeuse vie ?

Ces. Pas trop. Dans tous les pays, pour aimer et boire--on paye. N'importe, je marchais toujours devant moi, sans m'enquérir du nom des contrées que je traversais--mais semant sur ma route quelques créanciers et quelques duels--précieux jalons, qui devaient me faire reconnaître mon chemin, quand je rentrais dans ma ville natale.

Jose. Et quel motif vous a ramené à Madrid ?

Ces. L'espérance, la douce et folle espérance. Retournons là-bas, me suis-je dit, le sort a dû me sourire, et je trouverai mes créanciers morts. Erreur ! Un débit peut mourir, un créancier jamais ! Loin là le nombre des miens s'était accru.

Jose. Comment ?

Ces. Ils avaient fait des petits. Mais que se passe-t-il de nouveau à Madrid ? Boit-on toujours, chante-ton-toujours et se bat-on toujours ?

Jose. Les duels sont rares aujourd'hui. Le roi vient de rendre un édit, l'instar de ceux de France.

Ces. Ah bah ! la mort pour un coup d'épée ?

Jose. Quiconque se sera battu, sera fusillé--et cela, pendant tout le cours de l'année--la semaine sainte exceptée.

Ces. Vraiment ? Si l'on se bat pendant la semaine sainte.

Jose. Pendant la semaine sainte — on sera pendu.

Ces. Diable ! mais c'est aujourd'hui qu'elle commence.

Jose. Justement.

Ces. Merci de l'avis--je deviens un agneau--pour huit grands jours au moins--je ne me soucie pas d'être pendu ! Quant à être fusillé--j'y penserai--la semaine prochaine. Mais vous ne me parlez pas de vous-même. Vous étiez ambitieux--a quoi êtes-vous arrivé ? qu'êtes-vous devenu ?

Jose. Moi ? rien.

Ces. Rien ? Ce n'est qu'un peu plus que moi.

SCÈNE V.

Les Mêmes, Un Batelier et Lazarille.

Le B. (*Amenant Lazarille, qu'il tient par le bras.*) Allons, petit, il faut rentrer chez ta mère --sécher tes larmes, et ne plus songer à ces sottises-là--

Laz. (*Se défendant.*) Vous avez tort--s'il me convient de mourir, j'en trouverai toujours le moyen !

Ces. Hein ? qui est-ce qui parle de mourir ? un enfant !

Jose. Oui, vraiment !

Le B. Un enfant, qui voulait se noyer.

Ces. Ah bah ! se noyer--dans l'eau ?

Le B. Et dans quoi voulez-vous qu'on se noie ?

Ces. Ça dépend. Ainsi, tu voulais mourir--

Laz. Et je le veux encore !

Jose. Mais pourquoi ?

Ces. (*Gravement.*) Est-ce qu'à ton âge, tu aurais déjà des créanciers ?

Laz. Je suis apprenti armurier— c'est à moi qu'est confié le soin des arquebuses du régiment des gardes.

Ces. Tu veux te noyer, quand tu as des arquebuses sous la main ?--Tu n'aimes donc pas ton métier ?

Laz. Sous prétexte que les armes ne se sont pas trouvées ce matin en bon état, un de messieurs les capitaines veut me faire donner cinquante coups de bâton !

Ces. Cinquante coups de bâton ? allons, c'est trop.

Laz. Oh ! ce n'est pas le nombre qui m'effraye— je ne crains pas la souffrance— je crains la honte !

Ces. (A DON JOSE.) Il a du cœur, cet enfant-là !— Nous intercederons en ta faveur.

Laz. Le capitaine est bien cruel— son lieutenant voulait me faire grâce, il a vainement prié pour moi—

Ces. (*Montrant* DON JOSE.) Il ne refusera pas deux bon gentilshommes—

Jose. Excusez-moi— mais j'ai dans ce moment quelques motifs pour ne praître en rien dans cette affaire.

Ces. Soit— ce sera assez de moi.

Laz. (*Effrayé.*) Ah ! grand Dieu !—

Ces. Qu'as-tu donc ?

Laz. C'est lui !— suivi de soldats !—ils me cherchent sans doute !—

Ces. Place-toi derrière moi— tu as pour te défendre, César et son épée.

Jose. (*Bas.*) Souvenez-vous de l'édit royal !

Ces. Oh ! diable ! et de la semaine sainte, surtout !

SCÈNE VI.

Les Mêmes, Le Capitaine, Deux Soldats.

Le C. (*Montrant Lazarille.*) Le voici—qu'on l'arrête !

Ces. (*Très-humblement.*) Un instant. Souffrez, permettez, monsieur le capitaine, que je vous adresse humblement quelques mots en faveur du coupable.

Le C. (*Sans l'écouter, aux soldats.*) Eh bien ! n'avez-vous pas entendu ? obéissez !

[*Les soldats s'approchent.*

Laz. Grâce, capitaine !

Ces. Vous l'entendez, ce pauvre enfant demande grâce—et je joins respectueusement (*il ôte son chapeau*) ma voix à la sienne.

Jose. (Extending his hand.) It has been a long time since we have seen each other.

Cae. True.

Jose. We were young then.

Cae. Young and brilliant. (Looks at his clothes.) How one changes.

Jose. You had a fine name and a handsome fortune then.

Cae. I have preserved one and lost the other. I don't need to tell you—what I have left.

Jose. Yes, I remember, your ruin was much talked of.

Cae. Yes, and my creditors were most noisy.

Jose. Your position has not changed? Back debts are a heavy load to carry! How many old debts to pay off?

Cae. There is something more difficult still to do than to pay up old debts.

Jose. What is it?

Cae. To make new ones.

Jose. You had left Madrid?

Cae. I returned to-day.

Jose. Where did you go?

Cae. Everywhere that they fight, they drink or they love. But in two cities in particular I remained the longest, Alicante and Xeres—I

Jose. You have led a joyous life.

Cae. Not very. For in all countries to love and to drink—you must pay. No matter, I went straight ahead, never inquiring the names of the countries I went through—but sowing on my road debts and duels—precious relics, by which I should recognize my road on returning to my native city. [rid?

Jose. And what brought you back to Mad-

Cae. Hope, sweet, delicious hope. I will return, I said, perhaps fate may smile on me, and I will find my creditors dead. Error! A debt may die, but a creditor never! On the contrary, mine have augmented.

Jose. How?

Cae. They've had children. But what is there new in Madrid? Do they still drink, still sing, still fight?

Jose. Duels are rare at the present day. The King has just issued an edict, twin brother to the one in France.

Cae. Bah! Death for a sword thrust?

Jose. Whoever fights will be shot—and that during the whole course of the year—Holy week excepted.

Cae. Really, Holy week we can fight?

Jose. During Holy week—they will be hung.

Cae. The devil! But it commences to-day.

Jose. Exactly.

Cae. Thanks for the warning—I will become lamb—for eight long days at least—I am not anxious to be hung! As for being shot—I will think of that—next week. But speak to me of yourself. You were ambitious—what point have you attained? What have you become?

Jose. I? Nothing.

Cae. Nothing? Then you are no more than I am.

SCENE V.

The Same, A Sailor, Lazarillo.

Sailor. (Dragging Laz. on by the arm.) Come, my boy, you must go back to your mother—dry your tears, and don't think of such nonsense again—

Laz. (Struggling.) You are wrong—if it suits me to die, I will always find means to do it.

Cae. Hey! Who speaks of dying? A child?

Jose. Yes, indeed.

Sailor. A child who wanted to drown himself.

Cae. Ah! Bah! Drown himself—in water?

Sailor. What else would you have him drown himself in?

Cae. That depends on circumstances. So you wanted to die?

Laz. And I still wish to die.

Jose. Why so?

Cae. [Gravely.] Could it be possible that at your age you already have creditors?

Laz. I am apprenticed to an armorer. It is to my care that the guns of the regiment of the Guards is confided.

Cae. And you wanted to drown yourself, when you have guns under your hands? You don't like your trade?

Laz. Upon pretext that the arms were not found in good condition this morning, one of the captains wants to have fifty lashes given me.

Cae. Fifty lashes? Come, that's too much.

Laz. Oh, it's not the number that frightens me—I don't fear the pain, it is the shame that I fear.

Cae. [To Don Jose.] That child has a heart —we'll intercede in his favor.

Laz. The captain is very cruel—his lieutenant wanted to pardon me, and he vainly sued for mercy.

Cae. [Pointing to Don Jose.]But he will not refuse two noblemen—

Jose. Excuse me—but at this moment I have reasons for not appearing in this affair.

Cae. Very well, one will be enough.

Laz. [Frightened.] Oh, great heavens!

Cae. What's the matter?

Laz. It is he—followed by soldiers! Th.y are seeking me.

Cae. Get behind me—you have Don Cæsar and his sword to defend you.

Jose. [Whispering.] Remember the Royal edict.

Cae. Oh, the devil! And Holy week above all.

SCENE VI.

The Same, The Captain, Two Soldiers.

Capt. [Pointing to Laz.[There he is, arres; him.

Cae. [Very humbly.] One moment. Allow me, permit me, captain, I address you most humbly in favor of this guilty boy.

Capt. [Not listening, to the soldiers.] Well, didn't you hear me? Obey?

[Soldiers approach.]

Laz. Mercy, captain!

Cae. You hear him—this poor child begs for mercy—and I respectfully join [takes off his hat] my prayers to his.

Le C. Fais exactement ton service, et tu nous épargne ras ainsi, à toi le châtiment, à moi tes larmes— (*regardant* DON CÉSAR) et de sottes prières.

Cés. (*Vivement.*) Hein! (*A part et changeant de ton.*) Ah! si ce n'était la semaine sainte! (*Avec calme.*) Eh bien! capitaine, tout cela vous ennuie— faites cesser tout cela d'un mot—larmes et prières vont s'arrêter, dès que vous aurez dit: Grâce! Capitaine!

[*Il prend le pan de son manteau.*

Le C. (*Retirant son manteau.*) Un manteau neuf—que je désir garder sans tache!

Cés. (*Avec colère concentrée.*) Monsieur! (*Se reprenant, à part.*) Oh! la semaine sainte!

Jose. (*A part.*) Le capitaine est bien hautain!

Cés. (*Avec calme*) Finissons— Je suis certain que vous êtes bon gentilhomme. Moi, j'ai engagé mon honneur à obtenir ce pardon— vous comprenez cela, n'est-ce pas? Eh bien! je vous supplie— je vous conjure—

Le C. Quand donc ce mendiant aura-t-il fini? Je ne peux rien vous faire, mon brave homme.

Cés. (*Avec explosion.*) Non? Eh bien! je vais te faire quelque chose, moi!

Le C. Insolent!

Cés. Car c'en est trop à la fin! Adieu la semaine sainte! Monsieur le capitaine, je vais vous tuer.

Le C. Hein! comment?

Cés. Comment? avec ceci— avec mon épée, qui ne peut qu'honorer la vôtre en la touchant— car je me nomme don César de Bazan, comte de Garofa, et j'ai droit de rester couvert devant le roi—moi, qui vous ai parlé chapeau bas! Je vous prie, je vous supplie, je suis soumis et humble— vous me répondez avec hauteur et insolence! Je fais un appel à votre pitié, et vous me traitez de mendiant! moi! Par ma foi, c'est trop abuser de ma patience et de l'édit royal! (*Le toisant.*) Vous êtes d'un riche embonpoint, capitaine— le diable n'observe pas la semaine sainte, lui et je vais lui envoyer de quoi faire gras!

[*Il tire son épée.*

Le C. Un duel!

Cés. A moins que vous ne soyez aussi lâche qu'impitoyable!

Le C. Patrons!

Laz. Vous battre pour moi!

Cés. Au revoir—Le lieutenant veut te faire grâce, petit? sois tranquille; dans dix minutes, je le fais capitaine!

[*Il sort, suivi de Lazarille et du Batelier.*

SCÈNE VII.

DON JOSE, puis MARITANA.

Jose. Don César est une bonne lame—je craindrais fort pour son adversaire, s'il m'intéressait le moins du monde.

Mar. (*Entrant, avec des transports de joie.*) Je l'ai vue! elle a fait de nouveau arrêter son carrosse, elle a daigné me sourire!

Jose. La Maritana! (*A part.*)) Qui sait? ce fou de don César travaille peut-être, à l'heure qu'il est, à l'accomplissement de mes projets. (*Allant à elle.*) Toujours rêvant-grandeur et richesse.

Mar. Vous n'êtes donc pas allé au devant de sa majesté, monseigneur?

Jose. Non, je t'attendais.

Mar. Vous désirez me parler? le moment est bien mal choisi—voyez, l'office divin est fini— voici venir toutes les bonnes gens auxquels je vais tirer leur l'horoscope.

[*Tout le peuple entre en scène.*

MORCEAU D'ENSEMBLE.

Air du Cheval de Bronze. (*Entrée du prince,* a
1er acte.

CHOEUR.

Pour qu'on révèle
Notre avenir,
A toi, la belle,
Il faut venir.
Dis-nous notre avenir!

MARITANA.
1er Couplet.

Du destin, que je pénètre,
Je sais les secrets,
Et je vais faire connaître
Ses lois, ses arrêts!
Quand je parle, quand j'ordonne,
Que personne
Ne s'étonne:
Car c'est le bon Dieu qui donne
Le bonheur que je promets.
Voyons, par qui commencerai-je?

TOUS.

Par moi! par moi!
MARITANA, (*à un jeune soldat.*)
A vous, d'abord.
Essayez de mon sortilége;
Je vais prédire votre sort.

LE SOLDAT.

Volontiers.

MARITANA, (*consultant sa main*)
Vous aimez femme jeune et jolie.

Le S. (*Parlé.*) C'est vrai!

MARITANA.

Qui, ce soir, fera la folie
De tromper un mari trop vieux,
Au profit d'un jeune amoureux.
UN VIEILLARD, (*s'avançant*)
Monsieur...

MARITANA.

Vous avez femme jeune et jolie—
Le V. (*Parlé.*) C'est vrai!

MARITANA.

Qui pourrait faire la folie
De tromper un mari trop vieux,
Au profit d'un jeune amoureux.

Le V. (*Parlé.*) Ah bah! (*Se rassurant.*) Quelle plaisanterie! (*Allant au jeune soldat.*) Filleul?
Le S. C'est vous, parrain?
Le V. Viens-t'en souper chez moi.

[*Ils sortent ensemble.*
MARITANA, (*d'une jeune fille.*)

Pour époux m'annonce un riche châtelain.
A qui, maintenant?—
DON JOSE, (*s'avançant.*)
Bohémienne,
A moi, s'il te plait.

MARITANA.

Votre main.

DON JOSE.

Changeons de rôle, et donne-moi la tienne.

MARITANA.

La mienne?

DON JOSE.

Oui, ta main.
2e COUPLET.

Tu te bornes à promettre

Capt. Do your duty, you will save yourself punishment, and me the tears [looking at Don Cæsar], and stupid prayers.

Cae. [Quickly.] Hey! [Aside, changing tone.] Ah! if it were not Holy week! [Calmly.] Well, captain, all that annoys you, eh?—It will all cease at once word—tears and prayers will stop when you have said it : Mercy! Captain! [Takes the edge of his cloak.]

Capt [Taking his cloak away.] A new cloak —that I desire to keep clean.

Cae. [With concentrated anger.] Sir! [Catching himself, aside.] Oh! Holy week!

Jose. [Aside.] The captain is very haughty.

Cae [Calmly.] Let us end this—I am certain that you are a good gentleman. I have staked my honor to obtain this pardon—you understand that, do you not? Well, I beg of you—I conjure you—

Capt. When will this beggar have done? I can do nothing for you, my good man.

Cae. [Furiously.] No? Well, I'll do something for you!

Capt. Insolent fellow!

Cae. For this is too much! Farewell Holy week! Captain, I will kill you.

Capt. Hey? How?

Cae. How? With this—with my sword which can only honor you by its touch—for my name is Don Cæsar de Bazan, Count of Garofa, and I have the right to keep my hat on in the presence of a king—I now speak to you with hat in hand! I beg you, I implore you, I am humble and submissive—you answer me with haughty insolence! I make an appeal to your mercy, you treat me as a beggar! I! On my faith this is abusing of my patience and the Royal edict! [Eyeing him from head to foot.] You are of a fair rotundity, captain—the devil is not keeping Holy week, I am going to send him something to feast upon. [Draws a sword.]

Capt. A duel!

Cae. Unless you are as cowardly as you are merciless.

Capt. By our Lady

Laz. You fight for me?

Cae. Au revoir—the lieutenant will be merciful to you. Be quiet; in ten minutes I will make a captain of him.

[Exits, followed by Laz. and sailor.]

SCENE VII.

DON JOSE, MARITANA.

Jose. Don Cæsar is a good swordsman—I should tremble for his adversary were I interested in him the least bit in the world.

Mar. (Entering joyfully.) I saw her! She stopped her carriage again and deigned to smile on me.

Jose Maritana! (Aside.) Who knows, this lunatic of Don Cæsar is working, perhaps, at this very moment to accomplish my projects. (Going to her.) Still dreaming of riches and grandeur.

Mar. You did not go to meet her majesty, my lord?

Jose. No, I was waiting for you.

Mar. You wanted to speak to me, the moment is badly chosen. Here come the good people whose fortunes I am going to tell. (Populace enter.)

CONCERTED PIECE.

Air du Cheval de Bronze. (Entrance of the Prince at the 1st act.)

CHORUS.

For our future revealing,
At thy feet we are kneeling.

MARITANA.

1st Verse.

What e'er fate decree,
Although secret it be,
I will make her speak,
And tell us each freak,
When I command, all obey,
Without question or delay.
By whom shall I begin?

ALL.

By me! by me!

MARITANA, (to a young soldier.)

You first. I will predict your fate.

SOLDIER.

Willingly.

MARITANA.

Your love is pretty and jolly.

Sol. True.

MARITANA.

Who might commit the folly
Of deceiving a husband too old
For the sake of a love too bold.
(An old man advancing.)

OLD MAN.

Sir—

MARITANA.

You have a wife who is pretty and jolly—

Old Man. That's true.

MARITANA.

Who will to-night commit the folly
Of deceiving a husband too old
For the sake of a lover too bold.

Old Man. Bah! How ridiculous, (going to the young soldier.) My godson?

Soldier. It is you, godfather?

Old Man. Come with me to supper. (They exit together.)

MARITANA (to a young girl.)

For a husband I announce you one rich and noble.
Whose turn now?

JOSE (advancing.)

Mine, fair Bohemian, if you please.

MARITANA.

Your hand.

JOSE.

Let us change places, you give me yours.

MARITANA.

Mine?

Jose. Yes, your hand. You confine yourself

Un bel avenir :
.... Mieux que toi, je puis peut-être
.... Promettre—et tenir.

[*Gaiement.*

Quand je parle, quand j'ordonne,
.... Que personne
Ne s'étonne.

[*Plus sérieusement.*

Car c'est moi-même qui donne
Le bonheur que je promets.

On peut remplacer le morceau d'ensemble par ce qui suit.——

Mar. Voyons, par qui commencerai-je ?
Tous. Par moi !... Par moi !... moi !...
Mar. Un instant !... Vous, d'abord, mon beau soldat. (*Elle prend la main, d'un jeune soldat.*) Ah ! ah !... nous convoitons le bien d'autrui.
Le S. (*Souriant.*) Moi ?... c'est vrai.
Mar. Vous aimez une femme jeune et jolie—
Le S. (*Étonné.*) C'est vrai !
Mar. Moins cruelle que vous ne pensez— et ce soir peut-être elle trompera un vieux mari pour un jeune amoureux.
Le S. Ah bah !
Le V. (*S'avançant.*) A mon tour !
Mar. (*Examinant sa main.*) Vous avez une femme jeune et jolie.
Le V. C'est vrai !
Mar. Très-sage, à ce que vous pensez— et qui pourrait bientôt tromper son vieux mari pour un jeune amoureux.
Le V. Ah bah ! (*Il la paye. Se rassurant.*) Ce sont des folies. (*Allant au jeune soldat.*) Filleul?
Le S. C'est vous' parrain?
Le V. Viens-t'en souper chez moi.

[*Ils sortent ensemble.*

Mar. (*A une jeune fille.*) Ton mari sera jeune, beau et riche.

[*La jeune fille s'éloigne enchantée.*

Mar. A qui maintenant ?
Jose. A moi !
Mar. Votre main.
Jose. Non, la tienne.
Mar. La m'enne ?
Jose. Je puis te prédire l'avenir, plus sûrement que tu ne le prédis à d'autres—car c'est au hasard que tu confies le soin d'accomplir tes prédictions— Le sort que je t'annonce, moi, tu t'auras— car je le ferai moi-même, tel que je te l'aurai promis.——
Mar. Vous ?
Jose. (*Baissant la voix.*) Moi, don José de Santarem !
Mar. Le premier ministre !

[*Elle s'incline.*

Jose. Oui, grâce à moi, et en suivant mes conseils, tu seras avant peu plus riche que les belles dames pour qui tu chantes — et bientôt, enviée des duchesses, dont tu envies le sort aujourd'hui.
Mar. Et pour être tout cela, que faut il faire ?
Jose. Silence !

SCÈNE VIII.

Les Mêmes, Don César, Lazarille, Peuple, puis Un Alcade et De Soldats.

Ces. (*Essuyant son épée.*) Ce gros capitaine n'avait pas la vie dure. Mais ce que j'ai de mieux et de plus pressé à faire, c'est de reprendre le cours de mes voyages— l'édit royal me donnera des ailes.

Laz. Un alcade et des soldats ?
Ces. (*Allant au fond.*) Serait-ce déjà pour moi ? (*Voyant que les soldats l'entourent.*) C'est parbleu bien pour moi.
Alc. Au nom du roi, je vous arrête.
Jose. (*A part.*) Ah !... c'est bien.
Ces. Messieurs, je suis à vous. (*A part.*) Je crois que j'ai mal fait de revenir à Maurid.

FINAL.

Air de M. Pilati.

CHŒUR.

Ciel ! arrêter un gentilhomme !
Parlez, quel crime a-t-il commis ?
C'est don César qu'on le nomme,
Et nous sommes ses amis.
Mar. (*A don José, avec anxiété, pendant que la foule entoure don César.*)
Délivrez-moi du doute qui m'oppresse !
Rendez le calme à mon cœur éperdu ?
Quand donc viendra la grandeur, la richesse ?
Quand donc ?
Jose. Demain.
Mar. Demain !
Jose. (*A part, regardant don César.*) Il est perdu.
Mar. (*A part.*) Demain — je serai duchesse !
Ces. (*A part.*) Demain — je serai pendu.
(*Parlé.*) Décidément, je suis fâché de revenu à Madrid.

CHŒUR.

Ciel ! arrêter un gentilhomme !
Parlez, quel crime a-t-il commis ?
C'est don César qu'on le nomme,
Et nous sommes ses amis.

[*On emmène don César.*

[On peut remplacer le final par ce qui suit':
Mar. (*A don José, avec anxiété.*) Et vous dites que tout cela se réalisera ?
Jose. Demain.
Ces. Allons, partons, messieurs.
Mar. (*A part.*) Demain... je serais duchesse !
Ces. Demain... je serai pendu.

ACTE DEUXIÈME.

L'intérieur d'une forteresse. Portes latérales. Au fond, grand baie ouverte donnant sur un rempart crénelé.

SCÈNE PREMIÈRE.

Don César, Lazarille.

Don César est à demi couché et dort. Lazarille est de bout près de lui.

Laz. (*Le visage triste et les yeux fixés sur don César.*) En vingt-quatre heures, arrêté, jugé, condamné ! (*On entend sonner l'horloge.*) Il n'a plus que deux heures à vivre ! — et il dort !

[*Il lui prend la main.*

Ces. (*L'éveillant en sursaut.*) Hein ! — qui m'éveille ! Ah ! c'est toi, enfant — Maladroit ! tu viens d'interrompre le plus beau rêve — (*Avec expansion.*) Je rêvais que tous mes créanciers étaient pendus !
Laz. Quoi ! c'était
Ces. C'était délicieux ! Quelle heure est-il ? (*Lazarille, sans répondre, lui montre le cadran placé à droite.*) Que cela ! j'ai encore deux heures d'avenir ? A quoi, diable ! vais-je passer tout ce temps-là Lazarille !
Laz. Monseigneur ?

to predicting a happy future, but I perhaps will promise—and fulfil the promise. (Gaily.)

When I command all obey,
Without question or delay.

(Seriously.) For the happiness I promise I bestow myself.

(*The above can be replaced by the following*):

Mar. By whom shall I begin?

All. By me—by me—me!

Mar. One moment—you first, my handsome soldier. (Takes the hand of a young soldier.) Ah! ah!—we envy the goods of our neighbor.

Sol. (Smiling.) I?—It's true.

Mar. You love a woman who is young and pretty—

Sol. (Surprised.) True.

Mar Less cruel than you believe her to be—to-night perhaps she will deceive an old husband for a young lover.

Sol. Ah!

Old Man. (Advancing.) My turn next.

Mar (Looking at his hand.) You have a wife who is young and pretty.

Old Mad. True.

Mar. Very true, so you believe—she may perhaps to-night deceive an old husband for a young lover.

Old Man. Ah! Bah! (He pays her.) What folly. (To the young soldier.) Godson?

Sol. Is it you godfather.

Old Man. Come to supper with me. (They exit together.)

Mar. (To a young girl.) Your husband will be young, handsome and rich. (Young girl goes away delighted.)

Mar. Whose turn now?

Jose. Mine.

Mar. Your hand.

Jose. No, yours.

Mar. Mine?

Jose. I can predict your future more surely than you have predicted for others—because you trust to chance for accomplishing your predictions—the future which I announce, you will have, for I will make it myself just as I promise

Mar. You? [It.

Jose. (Lowering his voice.) I, Don Jose de Santaren.

Mar. The Prime Minister! (She bows.)

Jose Yes; thanks to me and in following my directions, before long you will be as rich as the fine ladies for whom you sing—and very soon, envied by the Duchesses whose fate you envy to-day.

SCENE VIII.

The Same. Don Caesar, Lazarillo.

Cae. (Wiping of his sword.) That big captain was tough. But what I must do first of all, is to continue my travels—the royal edict will lend me wings.

Laz. A policeman and soldiers!

Cae. (Going up back.) Could it be for me already? (As soldiers surround him.) By Heavens it is for me.

Police. I arrest you in the name of the King.

Jose. (Aside.) Ah, good.

Cae. Gentlemen, I am at your service. (Aside.) I think I did wrong to return to Madrid.

Air de M. Pilati.

CHORUS.

To arrest a nobleman is not permitted.
Speak, what crime has he committed?
Don Caesar is his name,
And you've out his friends to shame.

Mar. (To Don Jose anxiously whilst the crowd surround Don Caesar.)

Can you deliver my soul from the doubt that oppresses,
Can you restore the calm my heart no longer possesses?

When will this grandeur, these riches arrive?

Jose. To-morrow.

Mar. To-morrow?

Jose (Aside, looking at Caesar.) He is lost.

Mar. (Aside.) To-morrow—I will be a Duchess!

Cae. (Aside.) To-morrow—I will be hung. Decidedly I am sorry I returned to Madrid.

CHORUS.

To arrest a nobleman is not permitted
Speak, what crime has he committed?
Don Caesar is his name,
And you've put his friends to shame.

(They lead Don Caesar off. This finale can be replaced by the following.)

Mar. (To Jose anxiously.) You say that all this will be realized?

Jose. To-morrow.

Cae. Come, let us go gentlemen.

Mar. (Aside.) To-morrow—I will be a Duchess!

Cae. To-morrow. (Aside.) I will be hung.

––––––

ACT II.

[Interior o. a Fortress. Doors on either side. At back crenelated ramparts.]

SCENE I.

Don Caesar, Lazarillo.

(Don Caesar lying down asleep. Lazarillo standing near him.)

Laz. (With his eyes gloomily fixed on Don Caesar.) In twenty-four hours arrested, judged and condemned! (Clock heard striking.) He has only two hours to live—and yet he sleeps! (Takes his hand.)

Cae. (Waking up in surprise.) Hey Who awakes me! Ah! it is you child—you have interrupted a most beautiful dream. (With enthusiasm.) I was dreaming that all my creditors were hung.

Laz. What? It was—

Cae. It was delightful. What time is it? (Laz. without answering points to the clock R.) Is that all? I have still two hours to live. How the devil shall I pass the time? Lazarillo!

Laz. My lord?

Cés. Si tu étais condamné à mourir, et que tu eusses encore deux heures devant toi, à quoi les emploierais-tu ?

Laz. A me confesser de mes péchés, monseigneur.

Cés. Deux heures te suffiraient ? *(A part.)* C'est si jeune ! *(Haut.)* Moi, je ne sais pas trop si, vivant soixante ans, j'aurais assez de la seconde partie de ma vie pour raconter la première — Je ne me confesserai donc pas, ce serait trop long — Si je faisais mon testament ? Non, ce serait trop court. *(S'étalant et se prélassant.)* Ah ! j'ai largement et amplement vécu, moi ! j'ai épuisé, vois-tu la coupe des voluptés terrestres ! J'ai aimé, j'ai bu, j'ai joué — J'ai été riche, et j'ai mangé ma fortune — sans faim, comme j'ai aimé des duchesses — sans amour — mais c'est si bon de gaspiller ! J'ai été gueux, et j'ai passé des journées à soupirer après une bonne grosse tranche de bœuf et une bonne grosse servante de posada — mais c'est si bon d'avoir bien faim ! Qu'est-ce que j'ai donc fait encore ? ma foi, tout — *(Riant.)* Et ils attendent que j'aie fini pour me dire : "Au nom du roi, don César, vous allez être mis à mort ! —" Triples bélîtres ! — ha ! ha ! ha !

Laz. (Se jetant à ses genoux.) Et c'est pour moi, pour moi que vous allez mourir.

　　　　　[Il sanglote, en lui baisant les mains.

Cés. Eh bien ? eh bien ? veux ne pas pleurer ? regarde, tu as chiffonné mes manchettes !

Laz. (Avec rage.) Et personne ! pas un ami, — pas un parent, n'est allé tomber aux pieds de monseigneur le roi et demander votre grâce !

Cés. (Sévèrement.) Lazarille ! tu calomnies l'humanité ! *(Avec émotion.)* Si fait, Lazarille ; un homme un vieillard, s'est allé poster sur le passage du roi—s'est jeté sous les roues du carrosse, sous les pieds des mules et a tendu ses mains tremblantes, pendant que les larmes éloquentes sillonnaient son visage et a crié à travers ses sanglots ! " Grâce, grâce pour don César ! "

Laz. (Avec élan.) Ah ! c'était le vieux Comte de Bazan ! c'était votre père !

Cés. (Froidement.) C'était un de mes créanciers — Tu vois, Lazarille, qu'il y a encore du bon chez les hommes — Et tiens, regarde. Aux jours de ma splendeur, j'avais pour convives et pour familiers tous les ducs, les marquis de la cour — hier encore, ma misère était escortée de tous les aventuriers et les espadassin de Madrid — amis riches et amis pauvres, amis du palais et amis de la rue — Eh bien, vois comme il m'aiment ! cela leur eût fait tant de peine de me voir ici, que pas un n'est venu.

José. (Qui vient d'entrer.) Excepté moi !

Cés. (Se levant.) Don José !

　　　　　[Sur un geste de don JOSE, LAZARILLE *sort.*

SCÈNE II.

Don César, Don José.

Cés. Vous ! dans ma prison !

José. Ne me faits pas l'injure d'en être surpris — je fus toujours de vos amis, don César, et les amis sincères et vrais sont ceux qui persistent jusqu'au dernier moment — Votre main !

Cés. Comment donc ! après ces affectueuses paroles — *(A part.)* Il a quelque tour pendable à me jouer.

José. Je viens d'apprendre la fin de votre malheureuse aventure — c'était, pardieu bien la peine de vous donner de bons avis — Vous n'avez plus que deux heures à vivre.

Cés. Vous vous trompez — une heure trois quarts.

　　　　　[Il montre la cadran.

José. (Souriant.) C'est compter juste.

Cés. La vie est si courte !

José. La vôtre cependant sera encore assez longue, pour ce que j'ai à vous dire — et pour ce que vous aurez a faire ensuite, si nous nous entendons — Tenez, asseyons nous, et causons.

Cés. Causons, et le plus lentement possible — je ne sais que faire de mon temps.

José. Eh ! je vous apporte peut—être de quoi l'occuper — *(Elevant la voix.)* Don César ?

Cés. Don José ?

José. Mettez-vous un instant en tête que je suis tout-puissant dans ce pays — que je suis — ou le premier ministre de notre seigneur le roi, ou une bonne fée, à la baguette magique — à votre choix.

Cés. (Le regardant.) Je choisis le ministre — franchement, vous n'avez guère la mine d'une bonne fée — et il y a un peu de ministre dans votre regard.

José. Vous me flattez — Eh bien, donc, moi, ministre ou fée, je vous dis ceci : tout homme, dans votre position — délicate, a toujours je ne sais quel regrets, quels désirs qui troublent ses dernières heures.—Parlez,confiez-vous à un ami— je jure, si vous acceptez mes conditions, de vous accorder quel que vous demandiez — *(vivement)* sauf, bien entendu, la vie.

Cés. (Avec reproche.) Ah ! — pouvez vous me croire assez indiscret, pour vous demander de ces choses-là !

José. Eh bien ?

Cés. Eh bien ! je ne regrette et ne désire absolument rien.

José. (A part.) Diable !

Cés. Ah ! cependant — attendez ! vous avez dû voir ici, en entrant, un jeune homme, un enfant —

José. Celui pour qui vous avez eu cette querelle ? celui qui cause votre mort ?

Cés. Oui, je lui dois cela, à ce petit — je dois quelque chose à tant de monde ! et vraiment il m'intéresse — Je ne veux pas qu'il continue à souffrir, à être malheureux, quand je ne serai plus là pour tuer messieurs les capitaines qui le maltraitent.— Faites quelque chose pour cet enfant.

José. N'est-ce que cela ? Je le prends à mon service ; je me charge de son avenir.

Cés. Merci !

José. Mais vous me demandez là bien peu.

Cés. Vous comptez donc me demander beaucoup ?

José. A vous, d'abord — avez-vous quelque autre désir ? Cherchez.

Cés. Ma foi — je ne trouve rien.

José. (A part.) Je n'aurais pas son consentement à si bon marché. *(Haut.)* Tenez, je vous viens en aide — Don César, vous avez dû, dans vos nombreux voyages, assister à de curieux spectacles. *(L'observant.)* Vous est-il arrivé de voir pendre un homme ?

Cés. (Devenant pensif.) Oui — j'ai vu cela — j'en ai vu pendre trois — C'est un souvenir qui depuis hier, je l'avoue, ne cesse de me préoccuper. J'ai vu trois pendus, et j'ai ri de tous les trois! — mon Dieu, oui, j'en ai ri !

José. Vous vous repentez de ce mouvement peu charitable ?

Cés. Moi ?—ma foi, non — Je me dis seulement : Je ne ferai pas en l'air meilleure figure

Cæ. If you were condemned to death, and you still had two hours before you, how would you pass them?

Laz. In confessing my sins, my lord.

Cæ. And would two hours be enough? (Aside.) He is so young. (Aloud.) For my part I don't know if living sixty years more I would have time, in the second part of my life, to relate the first. I will not confess, then, I have not got time. If I were to make my will? No, that would be too short. (Pompously.) Ah! I have lived largely: I have exhausted the cup of terrestial voluptuousness: I have loved, I have drunk, I have gambled, been rich, and eaten my fortune, without hunger, as I have loved the Duchesses—without love; but it's so good to waste! I have been a beggar, and spent my days sighing for a good, big slice of beef and a good, big barmaid; but it's so good to be hungry! What more have I done? On my faith everything. (Laughing.) And they wait till I've gotten through with life to come and tell me: "In the name of the King Don Cæsar you are going to be executed." Triple idiots! Ah! ha! ha!

Laz. (Throwing himself at his feet.) And it's for me you are going to die. (Sobs as he kisses his hands.)

Cæ. Well! Will you stop crying? Look, you are mussing my cuffs.

Laz. (With rage.) And nobody, not a friend, not a relative has gone to fall at the feet of the King and sue for your pardon.

Cæ. (Severely.) Lazarillo, you calumniate humanity! (With emotion.) Yes, Lazarillo, one man, an old man placed himself in the path of the King—threw himself under the wheels of his carriage, under the feet of his mules, and extended his trembling hands, whilst eloquent tears streamed down his cheeks as he cried amid his sobs, "Mercy, mercy for Don Cæsar!"

Laz. (With enthusiasm.) Ah, it was the old Count de Bazan! It was your father.

Cæ. (Coldly.) It was one of my creditors. You see, Lazarillo, that there are still good people in the world—and look in the days of my splendor I have had for friends and guests Dukes and Marquises of the Court—yesterday, my misery was escorted by all the adventurers and bravados in Madrid—rich friends and poor friends, friends of the palace and friends of the street. Well! see how they love me! It would have grieved them so much to see me here that not one of them has come.

Jose. (Who has just entered.) Except me!

Cæ. (Rising.) Don Jose! (Laz. retires on a sign from Jose.)

SCENE II.

DON CAESAR, DON JOSE.

Cæ. You, in my prison.

Jose. Do not insult me with your surprise—I was always your friend, Don Cæsar, and sincere friends are those who are constant at the last moment—your hand!

Cæ. What? After these affectionate words! (Aside.) What damnable trick is he going to play me now?

Jose. I have just learned the conclusion of your unfortunate adventure—it was worth while, indeed, to give you good advice—so you have only two hours to live.

Cæ. You are mistaken—one hour and three quarters. (Points to clock.)

Jose. (Smiling.) You are exact in your account.

Cæ. Life is so short.

Jose. Yours, however, will be long enough for what I have to tell you—and for what you will have to do if we come to an understanding. Let us sit down and talk.

Cæ. We'll talk as slowly as possible—time hangs heavily on my hands.

Jose. Hey! I bring you perhaps wherewith to occupy it. (Raising his voice.) Don Cæsar?

Cæ. Don Jose.

Jose. Just imagine for an instant that I am all powerful in this country—that I am either Prime Minister of our Lord the King, or a good fairy with a magic wand—whichever you choose.

Cæ. (Looking at him.) I choose the Minister—frankly, you look little like a fairy—and there is something of the Minister in your appearance.

Jose. You flatter me—well then, I, Minister or fairy, tell you this. Every man in your position—which is a delicate one, has always some regrets, some desires which trouble his last hours. Speak, confide in a friend—I swear to you, if you accept my conditions, I will grant you whatever you ask—quickly (except be it understood your life).

Cæ. (Reproachfully.) Ah!—could you think me indiscreet enough to ask a thing like that?

Jose. Well?

Cæ. Well! I am sorry, but I desire absolutely nothing.

Jose. (Aside.) The devil.

Cæ. Ah!—wait! You may have seen here a young man, a child—

Jose. The one for whom you had this quarrel? Who is the cause of your death?

Cæ. Yes, I owe him that—I owe something to so many people! And truly he interests me —I do not want him to continue to suffer and to be unhappy, when I will no longer be there to kill the Captains who abuse him. Do something for this child.

Jose. Is that all? I'll take him in my service; I will take charge of his future.

Cæ. Thanks!

Jose. But you ask very little.

Cæ. Then you expect to ask a great deal?

Jose. Your turn first—you have some other desire? Think.

Cæ. On my honor—I think I find nothing.

Jose. (Aside.) I can't have his consent so cheap. (Aloud.) Well, I'll help you—Don Cæsar, you must, during the course of your numberless travels, have seen some curious spectacles (observing him), have you ever seen a man hung?

Cæ. (Thoughtfully.) Yes—I have seen that —I have seen three hung—it's a remembrance that since yesterday has preoccupied me somewhat I acknowledge. I saw three men hung and I laughed at all three. By Jove, yes, yes; I laughed at them!

Jose. Now you repent that uncharitable impulse?

Cæ. I?—No, on my faith—I only say: I will not look better dangling in the air than

qu'eux — et si j'ai ri de ceux-là, d'autres vont
rire de moi. (*S'animant peu de peu*.) Pendu! —
mais c'est infâme! jamais, dans toutes les Es-
pa.nes, on n'a pendu un gentilhomme! qu'on
pende un manant! qu'on pende un Alcade! —
qu'on pende mes créanciers! cela leur revient—
mais don César, le dernier des Bazan et des com-
tes de Garofa! Mais c'est plus qu'une mort hon-
teuse! c'est une mort ridicule, grotesque. —Allons donc! est-ce que je veux de cela? . . Qu'on
me place debout, la tête haute, en face de douze
soldats, aux arquebuses bien chargées, que
douze bonnes balles de plomb me jettent mort,
le crâne et la poitrine fracassés — à la bonne
heure! c'est ainsi que doit mourir un gentilhomme!

Jose. Et c'est ainsi que vous mourrez.

Ces. (*Vivement*). Vraiment? . . vous me le
jurez? . .

Jose. Sur mon honneur et sur mon épée.

Ces. Ah! je renais, je respire!. . Douze braves
soldats du roi, qui m'enverront la mort comme
je la recevrai, résolument et gaiement!. . Je
veux les voir, leur serrer la main, je veux boire
avec eux . .

Jose. Boire avec des soldats, vous, comte de
Garofa!

Ces. Bah! j'ai bien déroge avec des muletiers
et des bandits!. . et puis, franchement, tout
Garofa que je suis, si je vaux un peu mieux
qu'eux maintenant, ils vaudront beaucoup mieux
que moi tout à l'heure.

Jose. Soit . . Il vous sera servi un repas
somptueux, qui vous rappellera vos prospérités
passées . . Est-ce là tout?

Ces. C'est tout . . Mais, parbleu! maintenant
je suis curieux d'apprendre ce que vous pouvez
avoir à me demander!. . Voyons, j'ai fait mes
conditions, faites les vôtres . . Pour que je meure
content, pour que cet enfant soit heureux et pour
que je ne sois pas pendu . . qu'exigez-vous?

Jose. Très-peu de chose.

Ces. Si peu que cela!

Jose. Il faut tout simplement . . vous marier.

Ces. Hein?.. plaît-il? . . me marier!... Pourquoi
faire? . . . Voyons, don Jose, dites-moi donc
pourquoi?

Jose. Impossible . . c'est un mystère.

Ces. J'aurai si peu le temps d'être discret!. .

Jose. Je ne puis.

Ces. Ce n'est pas pour l'héritage que je laisse
après moi . . excepté mes dettes et mon nom . .
(*Vivement*.) Mon nom? . . mais, j'y suis!. . c'est
une valeur, cela!. . Don Jose, je vois, je comprends tout!

Jose. Comment?

Ces. C'est une femme sans nom et qui en vent
un . . une femme qui brûle du désir de s'appeler
comtesse ou duchesse . . Allons convenez-en,
c'est cela.

Jose. Peut-être.

Ces. En ce cas, ce nom, elle l'aura, et grand
bien lui fasse.

Jose. Vous acceptez?

Ces. J'accepte . . Après tout, je ne savais comment employer mon temps--je me marie: c'est une
occupation comme une autre . . Je prends femme
pour . . une heure et demie . . j'aurai bien du
malheur, s'il m'arrive des désagréments de
ménage.

Jose. Ainsi, vous consentez à transmettre à
votre femme le nom de Bazan, le titre de comtesse de Garofa? . .

Ces. Et le comté de Garofa . . si elle en re-

trouve les morceaux . . Ah! mais à propos . .
comment la nommez-vous, ma femme?

Jose. Je ne la nomme pas.

Ces. Au moins, est-elle jeune? . . jolie?

Jose. Je n'en sais rien.

Ces. (*Vivement*). Et moi, je le sais!. . J'entre-
vois, à travers tout ce mystère, une abominable
figure de vieille!. . Je parie ma tête . . (*Se reprenant*.) Non, elle ne m'appartient plus, je ne
peux pas la mettre au jeu . . Je parie la vôtre,
que ma femme à cinquante-cinq ans!. . On a vu
des femmes avoir cet âge-là.

Jose. Quand cela serait?

Ces. Je romprais le marché.

Jose. Allons donc!

Ces. Attendez, au fait!. . (*Réfléchissant*.) Je
serai fusillé à sept heures . . avant la nuit . . Il
n'y a pas de danger . . Allons! j'épouse le demi-
siècle, les yeux fermés.

Jose. Oh! vous pourrez les ouvrir . . un voile
épais couvrira le visage de la comtesse de
Bazan.

Ces. (*S'inclinant*.) Combien je vous sais gré de
cette attention!

Jose. (*S'inclinant à son tour.*) Elle seule devra
s'en plaindre . . car elle ne pourra guère, à travers
ce voile, distinguer les traits du beau cavalier
qu'on lui donne.

Ces. (*Avec compassion.*) Pauvre vieille!... Mais
il y aura compensation . . car, si elle ne voit pas
mes traits, encore florissants . . elle ne verra pas
mon habit . .

Jose. (*Souriant.*) Qui ne l'est plus.

Ces. (*Avec philosophie.*) J'a tant voyagé?

Jose. Et il faut qu'il se repose . . (*Appelant.*)
Perez!. . Entrez là, mon cher don César . . et
vous y trouverez, grâce à mes soins, tout ce qu'il
vous faut pour paraître dignement devant votre
fiancée.

Ces. En vérité? . . Allons, je me décide et je
me laisse entraîner au courant de ma destinée . .
Qu'on me parfume, qu'on me couronne de roses,
qu'on me marie . . et qu'on me tue . . Par ma
foi! mon dernier jour est un beau jour!

[*Il sort à droite.*

SCÈNE III.
DON JOSE, puis PEREZ.

Jose. (*Regardant sortir don César.*) Il faut des
hommes comme cela . . quand on croit qu'ils ne
sont plus bons à rien, il y a encore quelque chose
à en faire . . on les marie. (*Il appelle de nouveau.*)
Perez!

Per. (*Entrant.*) Monseigneur? . .

Jose. Qu'on apporte une table richement
servie.

Per. Oui, monseigneur.

[*Il va pour sortir.*

Jose. Ah!. . envoie-moi Lazarille . . un enfant
qui habite cette forteresse . . Va et sois prompt.
(*Perez sort.*)—(*Triomphant.*) Eh bien! la belle
Maritana, ma prédiction va s'accomplir . . Entre
ton seigneur et maître, le roi d'Espagne et des
Indes, et toi, humble et pauvre chanteuse des
rues, il n'y a plus que l'épaisseur d'un gentilhomme ruiné . . et tout à l'heure, il n'y aura plus
rien . . Ah! tu t'es montrée plus rétive que lui . .
il a fallu te dire; la reine, quand je pensais: le
roi . . il t'a fallu des explications sur tout . .
pourquoi ce mystère . . pourquoi ce voile et cette
prison . . pourquoi ce mari qui disparaît, et qu'on
ne reverra que dans des temps meilleurs . . Enfin,
le nom de la reine nous parfait raison de tes
scrupules et tu la laisses une comtesse . . Grand
merci, la belle!

they did—and if I laughed at them, others will laugh at me. (Becoming animated.) Hung?—But that's infamous! Never in all Spain has a nobleman been hung! They hang a beggar, or a policeman—they may hang my creditors, that is their due—but Don Cæsar, the last of the Bazans and the Count of Garofa! This death is shameful! It is ridiculous, grotesque. Come, come, I can't have that? That they should stand me up with my head erect, in the face of twelve soldiers with loaded guns, and that twelve good leaden balls should extend me in death, with my head and breast pierced—so much the better! That is the way a nobleman should die.

Jose. And that is the way you shall die.

Cae. (Quickly.) Really? You swear it?

Jose. On my honor and on my sword.

Cae. Ah, I breathe again! Twelve brave soldiers of the King will send me to a death which I will receive firmly and gaily! I want to see them, take them by the hand, drink with them—

Jose. Drink with them, you, Count of Garofa!

Cae. Pshaw! I have frequented with mule-drivers and bandits! And then frankly all Garofa that I am, I am worth but little more than they just now, and I will not be worth half as much in an hour.

Jose. So be it. A sumptuous repast will be served you which will recall your past prosperity—is that all?

Cae. That is all. And now, by Jove, I am curious to hear what you have to ask me! Come, I have made my conditions, now make yours—that I should die content that this child should be happy and that I should not be hung—what are your conditions?

Jose. A trifle.

Cae. So little as that?

Jose. You must simply—get married.

Cae. Hey? What do you say? Get married? What for? Come, Don Jose, tell me, if you please, what for?

Jose. Impossible—It's a mystery.

Cae. I will have so little time to be indiscreet.

Jose. I cannot.

Cae. It's not for the legacy I will leave after me—except my debts and my name—(quickly)—my name? I have it! That is of value—Don Jose, I see, I understand all.

Jose. How?

Cae. It is a woman without a name who wishes to have one—a woman who burns with the desire of being called Countess—come, acknowledge it is that.

Jose. Perhaps.

Cae. In that case she can have my name, and much good may it do her.

Cae. You accept?

Jose. I accept—after all I did not know how to pass my time—I will get married. That's an occupation like any other. I will take a wife—for an hour and a half—I will be unlucky indeed if we disagree in that time.

Jose. Then you consent to transmit to your wife the name of Bazan, the title of Countess of Garofa?

Cae. And the county of Garofa, if she can find a vestige of it. Ah! by the way, what is the name of my wife?

Jose. I will not name her.

Cae. At least is she young? Pretty?

Jose. I don't know.

Cae. But I know! I see amid all this mystery an abominable old face! I bet my head. (Correcting himself.) No, that does not belong to me : I can't bet that—I bet your head that my wife is fifty years old! Women have been known to attain that age.

Jose. Well, what of that?

Cae. I break the contract.

Jose. Come, come!

Cae. Wait. (Reflecting.) I will be shot at 7 o'clock—before night—there is no danger—well! I will marry the half century with my eyes shut.

Jose. Oh, you can open them, a thick veil will cover the face of the Countess de Bazan.

Cae. [Bowing.] How much I appreciate this attention!

Jose. [Bowing.] She alone is to be pitied, because through this thick veil she will hardly distinguish the features of the handsome cavalier they give her.

Cae. [With compassion.] Poor old woman! But there is a compensation, for if she can't see my face, which is still young and fresh, she will not see my clothes—

Jose. [Smiling.] Which are no longer so.

Cae. [With philosophy.] They have traveled so much.

Jose. And they need rest. [Calling.] Perez! Go in there, my dear Don Cæsar, you will find, thanks to my care, all that you need to appear with dignity before your betrothed.

Cae. In truth? Then I am decided. I will follow the current of my destiny. Let them perfume me, crown me with roses, marry me—and then kill me—on my honor, my last day is an enviable one. [Exits R.]

SCENE III.

Don Jose, then Perez.

Jose. [Watching Don Cæsar off.] Such men are necessary—when you think they are no longer any good you can still make use of them—make husbands of them. [Calls again.] Perez! [Perez enters.]

Perez. My lord.

Jose. Have a table brought richly served.

Perez. Yes, my lord. [Starts to go.]

Jose. Ah! Send Lazarillo to me—a child who lives here in the fortress — go, and be quick. [Perez exits.] [Triumphantly.] And so beautiful Maritana, my prediction will be accomplished—between your lord and master, the King of Spain and the Indias, and you, poor street singer, there remains but the thickness of a ruined nobleman—and in a short time even that will disappear, ah ! you showed yourself more difficult than he—I was obliged to say the Queen, when I thought the King—you wanted explanations on every point—why this mystery—this veil, this prison, this husband who should disappear and not be seen until happier days. But finally the name of the Queen did away with all your scruples and left you a countess—many thanks, pretty one.

SCÈNE IV.

Don José, Lazarille.

Laz. (*Entrant*). Monseigneur m'a fait appeler?..

Jose. Oui .. approche, mon enfant .. tes parents?..

Laz. Je n'en ai pas, monseigneur ..

Jose. Tes amis ?..

Laz. Un seul .. qui s'est intéressé moi hier, et qui va mourir .. aujourd'hui !

Jose. Don César, n'est-ce pas?.. En effet, il t'aime ; et c'est à sa recommandation que je me charge de ton avenir.

Laz. Eh quoi ! votre excellence daignerait ..

Jose. Dès à present, je t'attache à mon service.

Laz. A présent?.. Pardon, monseigneur, mais c'est dans quelques heures que don César va mourir .. mourir pour moi .. et j'aurais voulu être le dernier à lui serrer la main, le premier à prier pour lui.

Jose. (*A part*). Un cœur généreux !.. J'ai besoin de quelqu'un en qui je puisse me fier .. (*Haut.*) C'est ien, Lazarille ; demain seulement tu feras partie de ma maison.

Laz. Et dès demain, monseigneur, je vous serai tout dévoué, comme je l'aurais été à don César lui même ..

Jose. J'y compte .. Fais monter les arquebusiers que don César a demandés pour convives.

[*Lazarille salue et sort.*]

Jose (*Seul, tirant des papiers de sa poche*). A mon rôle politique, maintenant !.. (*S'asseyant et lisant.*) Nous Charles II .. et cœtera .. faisons grâce pleine et entière à don César de Bazan, compte de Garofa." Il ne manque plus à cela que la signature royale. (*Serrant les papiers.*) L'admirable comédie ! Il faut bien que ce pauvre Charles II soit béni quelquefois— On ne l'aime guère, on ne l'admire pas, on le craint peu— C'est bien le moins qu'un prand cela de clémence rappelle de temps en temps au peuple d'Espagne, qu'il a, quelque part par là, un roi auquel il ne pensait plux—des qu'un de ses sujets, gentilhomme ou manant, est condamné à mort, le cœur du bon roi s'emeut—par nos conseils—il signe, avec des larmes de joie—toujours conseillées par nous—la grâce du coupable. —Mais, par un hasard, une fatalité inexplicable—que nous avons préparée d'avance—la grâce arrive toujours une heure trop tard—C'est un malheur La sentence de don César doit être exécutée à sept heures—la grâce de don César arrivera à huit heures— Don César mourra—mais sa majesté très-catholique sera bénie.

Laz. Monseigneur, voici les arquebusiers.

Il va au fond, fait un signe ; des valets apportent une table richement servie. Des soldats entrent d'un autre côté.

CHŒUR DES SOLDATS.

Air Bacchanale du Lac des Fées.

La belle vie !
Marche en avant, heureux soldat,
Que l'on convie
Pour un festin, pour un combat.
Au bruit des canons,
Des trompes guerrières,
Comme au son des verres,
Braves soldats, gaîment attaquons.

SCÈNE V.

Les Mêmes, Don César.

Ces. *Magnifiquement paré.* Eh bien ! don Jose, comment, trouvez-vous que ma misère porte le velours et l'or?

Jose. Royalement.... Voici le festin, voici les convives.

Ces. Vous êtes vraiment une bonne fée.... votre baguette magique a fait merveilleusement les choses ... De l'or et du vin !.. c'est tout mon passé qui renaît !... moins les belles ... (*Gaiement.*) A quand la noce?

Jose. C'est moi-même qui vais vous présenter votre fiancée.

[*Il lui serre la main, et sort.*]

SCÈNE VI.

Don César, Les Soldats.

Ces. A table, mes amis ! (*Les soldats font un pas en arrière.*) A table, sur-le-champ !... vous n'avez pas le temps d'hésiter.

Tous. A table!

[*On prend place, et il leur verse du vin.*]

Ces. *flairant son verre.* O mon vieil ami !... voilà bien longtemps qui je ne ta'i vu ... et bu ... (*Aux soldats*) Faites moi raison, mes braves. (*Elevant le verre.*) A la comtesse de Bazan !...

Tous. A la comtesse de Bazan !

Ces. A son heureux veuvage !... Buvez, amis, buvez... jusqu'à la limite de l'ivresse... et répétez avec moi la chanson de Matalobos, mon ami le voleur...

AIR de Mr. Pilati.

DON CESAR.

Amis, le bonheur sur terre,
C'est de boire, c'est d'aimer !

LES ARQUEBUSIERS.

Amis, le bonheur sur terre,
C'est de boire, c'est d'aimer !

DON CESAR.

Mais le vin que je préfère,
Celui qui sait me charmer...

LES ARQUEBUSIERS.

Mais le vin que je préfère,
Celui qui sait me charmer...

DON CESAR.

Le vin que j'aime à boire
C'est le vin du prochain;
Quand mon verre en est plein,
C'est presque une victoire,
Au risque d'être pendu,
Vive le fruit défendu !

LES ARQUEBUSIERS.

Au risque d'être pendu,
Vive le fruit défendu !

DON CESAR

Beauté trop prompte à se rendre
Ne saurait me stimuler.

LES ARQUEBUSIERS.

Beauté trop prompte à se rendre
Ne saurait me stimuler.

DON CESAR.

Un baiser, je veux le prendre,
Un cœur, je veux le voler !

LES ARQUEBUSIERS.

Un baiser, je veux le prendre,
Un cœur, je veux le voler!

SCENE IV.

Don Jose, Lazarillo.

Laz. [Entering.] My lord, you sent for me?
Jose. Yes, approach my child—your parents?
Laz. I have none, my lord.
Jose. Your friends?
Laz. One alone—who took an interest in me yesterday and will die to-day!
Jose. Don Cæsar, is it not? Truly he loves you ; on his recommendation I take charge of your future.
Laz. What? Your Excellency would deign—
Jose. From this moment I attach you to my service.
Laz. From this moment? Your pardon, my lord, but in some hours Don Cæsar will die—die for me—and I would like to be the last to press his hand, the first to pray for him.
Jose. (Aside.) A generous heart. I need one in whom I can confide. (Aloud.) It is well, Lazarillo, to-morrow you will make part of my household.
Laz. And from to-morrow, my lord, I will be devoted to you as I would have been to Don Cæsar himself.
Jose. I count upon that. Bid the gunners enter whom Don Cæsar wished for his guests. (Laz. bows and exits. Jose alone. Drawing papers out of his pocket.) And now for the political part I play. (Sits down and reads.) We, Charles II., etc., grant full and entire pardon to Cæsar de Bazan, Count of Garofa. The royal signature is all that that needs. (Folding up papers.) Admirable comedy ! It is necessary that poor Charles II. should be bless d sometimes—he is but little loved, not admired at all, and feared still less. It is well that at least one act of clemency should remind the people from time to time that somewhere in Spain there is a King who remembers them, and that they had almost forgotten. As soon as one of his subjects, nobleman or beggar, is condemned to death the heart of the good King is touched—by our advice—he signs with tears of joy—ordered by our advice the pardon of a guilty one. By a mischance, a fatality that is almost inexplicable—which we also prepare in advance—the pardon arrives an hour too late—it is a misfortune. The sentence of Don Cæsar is to be executed at 7 o'clock—Don Cæsar's pardon will arrive at 8 o'clock—Don Cæsar will die but his most Catholic majesty will be blessed.

Laz. My lord here are the gunners. (Goes to back, makes a sign. Servants bring in a table richly set. Soldiers enter from the other side. Chorus of soldiers).

CHORUS OF SOLDIERS.

Air Bacchanale of the Lac des Fees.

Drink soldier brave,
With no thought save
Of banquet or fray,
Marching with heart so gay
Always an envied guest,
With love and glory blest,
Where wine merrily flows,
Or warrior's trumpet gayly blows.

SCENE V.

The Same. Don Cæsar.

Cae. (Handsomely attired.) Well, Don Jose, how do you find that my poverty wears velvet and gold?
Jose. Royally—here is the banquet; here are the guests.
Cae. You are truly a good fairy—your magic wand works marvels. Gold and wine ! All my past returns ! Less the beautiful ladies. (Gayly.) When is the wedding to be?
Jose. I myself will present you your bride. (Shakes hands and exits.)

SCENE VI.

Don Cæsar and Soldiers.

Cae. At table my friends. (Soldiers step back.) At table at once ! You have no time to hesitate.
All. At table! (Draw around the table, he pours out the wine.)
Cae. (Sipping the wine.) Oh my ancient friend ! how long since I have seen you—and tasted you ! (To soldiers.) Keep me company my brave fellows ! (Raising his glass.) To the Countess of Bazan !
All. To the Countess of Bazan !
Cae. To her happy widowhood! Drink, friends drink—drink to the limits of intoxication, and repeat with me the song of Matalobos, my friend the thief—

Air of Mr. Pilati.

CAE.

Friends, of happiness there's no dearth,
If you drink and love on this earth.

SOLDIERS.

Friends, of happiness there's no dearth,
If you drink and love on this earth.

CAE.

But the wine I prefer,
Which all bliss does confer—

SOLDIERS.

But the wine I prefer,
Which all bliss does confer

CAE.

Is the wine of my neighbor
I drink without labor ;
As I fill my glass again,
I think a victory to gain,
Forbidden fruit is so sweet,
To win it death I would meet !

SOLDIERS.

Forbidden fruit is so sweet,
To win it death I would meet !

CAE.

Beauty too quickly won,
Has attractions for none.

SOLDIERS.

Beauty too quickly won,
Has attractions for none.

CAE.

In a kiss stealing,
My heart revealing,

SOLDIERS.

In a kiss stealing,
My heart revealing.

DON CÉSAR.

Ce qu'il faut à ma gloire,
C'est la femme du voisin...
Et quand j'y joins son vin,
Je double ma victoire!
Au risque d'être pendu,
Vive le fruit défendu.

LES ARQUEBUSIERS.

Au risque d'être pendu,
Vive le fruit défendu!

Un des soldats, (se levant tout a coup). Monseigneur !... monseigneur !... les juges !
Ces. Laissez entrer la justice du roi.

SCÈNE VII.

LES MÊMES, LES JUGES.

Ils entrent sollennellement et s'arrêtent au fond; un d'eux s'avance, tenant un large parchemin.

LE JUGE. Don César de Bazan ! *(Don César salue, les soldats s'inclinent avec respect.—Lisant lentement.)* De par notre seigneur le roi très-catholique, Charles deuxième, roi d'Espagne et des Indes... A don César de Bazan, comte de Garofa, condamné à mort, il est fait grâce du supplice de la corde. *(Don César relève la tête et se campe sur la hanche.)* Douze arquebuses, chargées en présence de messeigneurs les juges, seront bénies, comme il convient qu'il soit fait, et laissées à la surveillance de l'armurier des gardes ou d'un de ses aides. Don César sera conduit dans la grande cour de la prison, s'agenouillera, recommandera soi à Dieu, et justice sera faite. La nuit venue, le corps sera relevé par deux frères du monastère de San-Benito, qui lui rendront les derniers honneurs dus à un gentilhomme et à un chrétien. Ainsi soit fait. Charles, roi.

Les juges se retirent sollennellement, comme ils sont entrés; les soldats demeurent frappés de consternation.

DON CÉSAR, *gaiement, et comme si rien de tout cela ne s'était passé.* Troisième couplet.

Il ne suffit pas, sur la terre,
Mes amis, pour nous charmer...

LES ARQUEBUSIERS.

Il ne suffit pas sur la terre,
Mes amis, pour nous charmer...

DON CÉSAR.

De remplir gratis son verre,
Gratis de se faire aimer !

LES ARQUEBUSIERS.

De remplir gratis son verre,
Gratis de se faire aimer !

DON CÉSAR.

Il faut, sachez l' apprendre,
Pour couler d'heureux jours,
Prendre, prendre toujours,
Mais sans se laisser prendre.
Vive le fruit défendu,
Sans risquer d'être pendu !

On entend les sons d'un orgue.

Ces. (Remontant.) Ma femme ! *(Aux soldats.)* La comtesse !

[*Les arquebusiers quittent la table et se rangent au fond.*

SCÈNE VIII.

DON CÉSAR, DON JOSE, MARITANA, le visage couvert d'un voile épais, et amenée par DON JOSE, DEUX TÉMOINS, LES SOLDATS.

Jose. (Bas à DON CÉSAR.*)* Pas un mot ! pas un regard !
Ces. Pas un regard ! A quoi bon ? *(Montrant le voile.)* Ce n'est pas un voile, cela c'est une cloison.
Jose. (Haut.) Don César — la main à la senora.
Ces. (A part.) La main ! Oh ! je saurai bien, au contact d'une main veloutée ou rugueuse—*(S'approchant et cherchant à distinguer le visage à travers le voile.)* Jamais je n'ai vu de femme si calfeutrée — Allons —*(Il regarde le cadran. A part.)* Moins dix — *(Bas à* MARITANA.*)* Allons, madame — à vous, ma vie tout entière !

[DON CÉSAR *sort emmenant la* MARITANA *qui n'a pas levé la tête, et suivi des témoins et des soldats.*

Jose. (Au moment de les suivre, à un valet.) Maintenant, introduisez le marquis de Montéflor et la senora, sa femme.

[*Il suit don* CÉSAR. *— Le valet introduit le marquis et la marquise.*

SCÈNE IX.

LE MARQUIS, LA MARQUISE.

Ils entrent en regardant autour d'eux d'un air ébahi, et finissent par se regarder fixement l'un l'autre.

Le Mar. Où sommes-nous ?
La Mar. Est-ce une prison ?
Le Mar. Est-ce un cloître ?
La Mar. Les débris d'un festin ! n'est point une prison.
Le Mar. (Qui a pris une bouteille.) Du vin encore dans les bouteilles ! ce n'est point un cloître.
La Mar. Les pauvres prisoniers ne dinent pas aussi bien que cela.
Le Mar. Les pauvres moines boivent mieux que cela.
La Mar. Serait-ce ?
Le Mar. (Gaiement.) Qu'importe, après tout ? Don Jose de Santarem nous a dit· Montez dans ce carrosse, allez où l'on vous conduira, et attendez-moi où vous serez — Nous avons obéi aveuglément — nous sommes venus aveuglément — Attendons et asseyons-nous — aveuglément.
La Mar. (Avec dépit.) Tout cela est fort bien— mais prenez-y garde, marquis ! votre soumission à don Jose devient celle d'un —
Le Mar. D'un ?
La Mar. Vous n'êtes plus un homme — vous êtes une dépendance de don Jose — une chose à lui — une sorte de mannequin, dont il tire les fils à droite et à gauche — et vos bras, vos jambes, votre intelligence même, tout cela va, grouille et remue comme il lui plaît.
Le Mar. (Se levant) Senora, ne profanez pas le sentiment sacré de la reconnaissance ! — Ce que nous sommes, nous le sommes par don Jose de Santarem — Riche, mais obscur hidalgo du fond de la Galice, j'aspirais à me montrer à la cour, et à t'y montrer surtout, toi, ma Gazela ! Mais je n'étais que don Carasco Jaquez y Balsamo della Rotunda, et don Jose m'a fait marquis de Montéflor, et gouverneur de la volière du roi — poste héréditaire, qui mettra sous les ordres de

CAE.

The glory of my life,
Is to steal my neighbor's wife—
And when I add his wine,
My victory is divine.
Forbidden fruit is so sweet,
To win it death I would meet.

SOLDIERS.

Forbidden fruit is so sweet,
To win it death I would meet.

(One of the soldiers rising suddenly.)
Soldier. My Lord! My Lord! The Judges!
Cae. Let the Justice of the King enter.

SCENE VII.

THE SAME. THE JUDGES.

(They enter solemnly, stop at back; one advances holding a large parchment.)
Judge. Don Caesar de Bazan. (Cae. salutes. Soldiers salute with respect. Reading slowly.) From his most Catholic Majesty Charles II., King of Spain and the Indias—to Don Caesar de Bazan, Count of Garofa, condemned to death, mercy is accorded from the punishment of hanging (Caesar raises his head.) Twelve gunners, selected in the presence of the Judges will be blessed, as is customary, and left to the surveillance of the guards and or of one of his aids. Don Caesar will be led in the great prison yard, will kneel, commend his soul to God and justice will take its course. At night, the body will be taken care of by the Brothers of the Monastery of San Benito, who will render him the last honors due a gentleman and a christian. Amen. Charles King. (Judges retire solemnly as they enter, soldiers remain struck with consternation.)
Cae. (Gayly, as if nothing had happened.)

3d Verse.

For those my friends who court mirth.
It will not suffice on this earth—

SOLDIERS.

For those my friends who court mirth,
It will not suffice on this earth—

CAE.

To fill your glass without loss,
Or to love without cross.

SOLDIERS.

To fill your glass without loss,
Or to love without cross—

CAE.

To spend gay and happy days.
You must take and take always.
But this lesson let us learn,
Ne'er let others take in turn.

(Sound of organ heard.)

Cae. (Going up stage.) My wife! (To soldiers.) The Countess! (Soldiers leave the table and form a line at back.)

SCENE VIII.

(Don Caesar, Don Jose. Maritana heavily veiled led in by Don Jose. Two witnesses, soldiers!)

Jose. (Low to Don Caesar.) Not a word! Not a look!
Cae. Not a look! What use would it be? (Pointing to the veil.) That's not a veil, it is a wall.
Jose. (Aloud.) Don Caesar—your hand to the Senora.
Cae. (Aside.) The hand! Oh! I will know from the contact of the hand if it is soft or rough (approaching, trying to distinguish the face through the veil.) I never saw a woman so closely walled up—come—(Looks at the clock. Aside.) Less than ten minutes. (Looks to Maritana.) To you Madame—to you my whole existence belongs.
(Don Caesar exits, leading Maritana, who has raised her head, followed by witnesses and soldiers.)
Jose. (About to follow them, to a valet.) Now show the Marquis de Monteflor and his wife, in—
(Follows Don Caesar. Servant shows the Marquis and Marchioness on.)

SCENE IX.

The MARQUIS, MARCHIONESS.

(They enter and look around in amazement, then look at each other.)

Marq. Where are we?
March. Is this a prison?
Marq. Is this a cloister?
March. The remains of a feast! It is not a prison.
Marq. (Taking up a bottle.) Wine left in the bottles! it is not a monastery.
March. The poor prisoners don't dine as well as this.
Marq. The poor monks drink better wine than this.
March. Would it be—?
Marq. (Gaily.) What does it matter after all? Don Jose de Santaren said to us: Get in this carriage; go where it will take you, and wait there for me—We have obeyed blindly—we came here blindly—Let us sit down and wait blindly.
March. (Annoyed.) All that is very well—but take care, marquis, your submission to Don Jose becomes that of a—
Marq. Of a?
March. You are no longer a man—you are a dependant of Don Jose—a thing—a kind of a dummy, he draws the wires right and left—and your arms, your legs, your intelligence even, grovels and jumps about at his will.
Marq. Senora, do not profane the sacred sentiment of gratitude! What we are, we are through Don Jose de Santaren—Rich, but obscure hidalgo in the heart of Galasia, I aspired to go to the court of Madrid, and above all that you should shine there, my Gazella! But I was only Don Carasco Jaquez of Balsamo della Rotunda—Don Jose made me Marquis de Monteflor, and governor of the aviary of the king—a position which is heriditary, which will put un-

mes descendants les descendants des oiseaux de sa majesté — Comblé de tant de bien faits, j'ai juré d'être dévoué à toujours à don Jose, d'executer sur-le-champ tous les ordres qu'il me donnera, si étranges, si bizarre qu'ils soient, et sans essayer de comprendre -- Je ne tiens jamais à comprendre ce que je fais.

La Mar. Mais s'il y allait de votre honneur !— du mien !

Le Mar. Vive Dieu ! l'honneur de ma Gazella ! Vienne qui le menace, et ma vieille lame brillera au soleil ! (*S'approchant d'elle avec un peu d'inquiétude.*) L'aurait-on menacé, Gazella ? quelque jeune insolent aurait-il chanté des seguedilles sous ton balcon ?

La Mar. (*Fièrement.*) Monsieur ! qui l'eût osé, après m'avoir regardée en face ?

Le Mar. (*Tendrement.*) Oh ! c'est que tu es toujours jeune et toujours belle, Gazella — les années ont passé sur ton front, sans que leur souffle avait creusé une ride — Et ce n'est pas mon amour, resté jeune comme ton visage, qui m'abuse et m'aveugle — Tous mes amis, tous ceux que j'invite à mes festins, tous me disent, en buvant mon vieux vin d'Alicante : Pardieu ! marquis, que la senora est jeune ! que la senora est belle ! Et voilà trente ans qu'ils me disent cela — et il faut que ce soit bien vrai, pour qu'ils me le disent ainsi, chez moi, à ma table, en buvant mon vin.

La Mar. (*Vivement.*) Silence ! On vient ! Nous allons peut-être enfin comprendre...

Le Mar. Je n'y tiens pas.

SCÈNE X.

Le Marquis, La Marquise, Don Jose, Maritana.

Jose. (*Tenant la main de* Maritana.) Monsieur le marquis de Montefior... (*Le marquis s'incline.*) Emmenez dans votre palais de San-Fernando, madame la comtesse de Bazan, — votre nièce.

Le Mar. (*A part, étonné.*) Hein ? Plaît-il ?

Le Mar. (*De même.*) Que signifie ?

Jose. (*Continuant.*) Que vous n'avez pas vue depuis cinq ans.

Le Mar. (*Tout étourdi.*) Mais, — je crois — qu'il y a plus longtemps que cela.

La Mar. (*Avec précaution.*) Une jeune veuve ?

Jose. Non.

Le Mar. Et, — le comte, — son mari ?

[Maritana *paraît écouter avec anxiété.*

Jose. Le comte, son mari.

[*A ces mots, on entend une décharge de mousqueterie.*

Mar. (*poussant un cri et chancelant.*) Ah !

Air de M. Pilati.

Je frémis, je chancelle ! ô mortelles alarmes ! Qu'est-ce donc ?

Jose. Ce n'est rien.

Mar. Parlez !

Jose. Rassurez vous !

Quelque pauvre soldat qu'on passe par les armes.

(*A part.*)

C'est fait, il est mort ! elle n'a plus d'époux !

Ensemble.

Maritana.

A lui je m'abandonne...
Et pourtant, malgré moi,
Tout ce qui m'environne
Glace mon cœur d'effroi.

Don Jose. (*A part en la regardant.*)
La force l'abandonne...

Pour calmer son effroi,
J'ai presque une couronne
Car j'ai l'amour d'un roi.

Le Marquis et La Marquise.
Tout ce qui m'environne
Me trouble malgré moi...
Mais don Jose l'ordonne :
Il faut subir sa loi.

Don Jose *sort avec* Maritana, *suivis du marquis et de la marquise, qui semblent s'interroger. La nuit est venue graduellement.*

SCÈNE XI.

Don César, Lazarille.

La porte à droite s'entr'ouvre, et Lazarille *paraît à demi.* (*Nuit.*)

Laz. Personne ! (*Il va regarder au fond. Bas, à don César, qui paraît.*) Fuyez ! cette clef ouvre la poterne. Hâtez-vous !

Ces. (*Chancelant comme un homme ivre, et se frottant les yeux.*) Ah ça, ce n'est pas un rêve ! Je suis vivant ! (*A* Lazarille.) Je n'ai donc pas entendu les balles siffler à mon oreille ?

Laz. (*Bas.*) Impossible !... les voici toutes !

Ces. Comment ?

Laz. Le gardien des arquebuses c'était moi ! Moi, qui vous ai dit : Tombez et ne bougez pas !

Ces. (*Prenant les balles.*) Douze ! le compte y est. (*Les mettant dans sa poche.*) Allons, j'aime mieux les avoir dans ma poche que dans ma poitrine.

Laz. (*Vivement, en l'entraînant.*) Partez ! quittez Madrid !

Ces. (*Franchissant le rempart.*) Adieu ! (*Au moment de disparaître, et comme par réminiscence.*) Tiens ! mais maintenant que je suis mort, je n'ai plus de créanciers ! (*Ils se baissent tous deux. Reparaissant.*) Ah ! diable ! mais je suis marié !

ACTE TROISIÈME.

Au palais du marquis de Montefior. Un pavillon d'été au milieu d'un jardin.

SCÈNE PREMIÈRE.

Une fête a lieu au palais du marquis de Montefior. Des danseurs exécutent un pas en présence de la comtesse de Bazan, qui est assise et entourée de jeunes cavaliers. — Don Jose, placé en face de la Maritana, a les yeux fixés sur elle. — La marquise est au milieu d'un groupe et reçoit des félicitations. — Des cavaliers et de jeunes dames se promènent au fond dans les allées du jardin. — Une musique lointaine et mystérieuse accompagne toute cette première scène.

Un des jeunes Seigneurs. (*Qui entourent* Maritana.) La belle et joyeuse fête, senora ! ces danseuses, venues de Séville, ont une grâce et une souplesse qui enchantent. N'est-ce pas, don Juan d'Alcazar ?

Un autre Seigneur. Comment le saurais-je ?... Puis-je regarder là-bas, quand la senora est ici ?

Mar. (*Qui rêvait.*) Pardon, — vous disiez, monsieur le comte ?

[*Le jeune seigneur se penche et continue à lui parler bas.*

Un Cavalier. (*Au Marquis.*) Oui, d'honneur, marquis, dona Gazella est toujours jeune.

Un autre. Et toujours belle.

La Mar. (*S'inclinant.*) Ah ! messeigneurs !

Le Mar. (*A part, enchanté.*) Encore ! Tout le

der the orders of my descendants, the descendants of his majesty's birds. Overwhelmed by so many favors, I swore to devote myself to Don Jose's interests, to execute, on the spot, all his commands, however strange or peculiar they may be, without trying to understand them—I never care to understand what I do.

March. But if your honor—my honor were concerned!

Marq. Great heavens! My Gazella's honor! Let some one dare threaten that, and my old blade will glisten in the sunlight. (Approaches her anxiously.) Is it, that it has been threatened, Gazella? Has any young, insolent fellow been singing verses beneath your window?

March. (Proudly.) Sir! Would he have dared after looking me in the face?

Marq. (Tenderly.) Oh! you know you are ever young, ever beautiful, Gazella—years have kissed your brow so lightly that their breath has not even left a wrinkle. It is not my love—still as fresh as your face which deceives and blinds me—All the friends whom I invite to my banquets, all say, as they drink my old absinte. By Jove, marquis, how young the senora is! How beautiful the senora is still! And they have been telling me that for thirty years—it must be true, for them to say so in my own house, at my own table, and in drinking my own wine.

March. (Quickly.) Silence! Some one is coming! Perhaps we are going to understand at last—

Marq. I don't care to understand.

SCENE X.

MARQUIS, MARCHIONESS, DON JOSE, MARITANA.

Jose. (Holding Maritana by the hand.) Marquis de Montefior, (Marq. bows.) Conduct your niece, the Countess de Bazan, to your palace of San Fernando. [don?

Marq. (Aside, surprised.) Hey? I beg par—
March. What does this mean?
Jose. The niece that you have not seen for five years.
Marq. (Amazed.) But—I believe it has been longer than that.
March. (Cautiously.) A young widow?
Jose. No.
Marq. And—the count—her husband? (Maritana listens, anxiously.)
Jose. The count her husband—(Discharge of musketry heard.)
Mar. (Totters and screams.) Ah! I shudder, I can scarcely stand! Oh, mortal agony! What is this?
Jose. Nothing.
Mar. Speak!
Jose. Calm yourself! It is only a poor soldier who has been executed. (Aside.) It is over He is dead! She has no husband!

MARITANA.
To him I abandon my fate,
But my heart too late
Misgives at every sound—
My pulse leaps and bounds!

JOSE.
Her strength leaves, it appears,
I must calm her fears,—
A crown I shall gain
And the King's love retain.

MARQUIS and MARCHIONESS.
All that surrounds me
Surprises and confounds me
But at Don Jose's will
My heart must be still.

(Don Jose goes out with Maritana, followed by Marquis and Marchioness, who seem to be consulting. Night comes on gradually.)

SCENE XI.

DON CÆSAR, LAZARILLO.

(Door opens R. and Lazarillo peeps in. Night.)

Laz. Nobody? (Goes up back and looks around—Low to Don Cæsar, who appears.) Fly! This key unlocks the postern gate. Castle!
Cae. (Staggering like a drunken man, and rubbing his eyes.) I say, this is no dream! I am alive? (To Laz.) Did I not hear the balls whistle by my ears?
Laz. (Low.) Impossible!—here they are all!
Cae. How?
Laz. I have the care of the guns. I, who said to you: Fall, and do not stir!
Cae. (Taking the balls.) Twelve! The count is exact. (Putting them in his pocket.) Well, I rather have them in my pocket than in my breast.
Laz. (Quickly dragging him away.) Fly! Leave Madrid!
Cae. (Jumping over the rampart.) Farewell! (About to disappear, as if reflecting.) Hey, now that, I am dead, I have no more creditors! (Both stoop, then reappear.) Ah! the devil! I am married!

ACT III,

[The palace of the Marquis de Montefior. A summer pavilion in the midst of a garden.]

SCENE I.

An entertainment at the palace of the Marquis Montefiore. Dancers are dancing a fancy dance in the presence of the Countess de Bazan, who is seated and surrounded by admirers. Don Jose standing in front of Maritana, with his eyes fixed upon her. The Marchioness in the midst of a group receiving compliments. Cavaliers and young ladies are promenading at back in the avenue to the garden. Music in the distance accompanies the whole of the first scene.

A Cav. What a beautiful and joyous entertainment, Senora, these dancers from Seville are graceful and supple, are they not, Juan d'Alcazar?
Ano. Lord. How should I know? I can't look there, when the Senora is here.
Mar. (Absently.) Pardon,—you were saying, Count? (Young Lord leans over and continues to converse with her in a low tone.)
A Cav. (To the Marquis.) Yes, on my honor, Marquis, Dona Gazella is ever youthful.
Ano. Lord. And ever beautiful.
March. (Bowing.) Ah! My Lords!
Marq. (Aside. Delighted.) Again! Every-

monde est du même avis. (*Aux deux cavaliers.*)
Mes chers amis, je vous attends demain à dîner,
— vous boirez encore de mon vieux vin d'Alicante.

Jos. (*A lui-même, regardant* MARITANA.) Rêveuse. — préoccupée, — c'est bien.

Le Mar. (*S'approchant de lui.*) Que regardez-vous donc là si attentivement, monseigneur ?

Jos. Je contemple et j'admire mon œuvre, — la vôtre, marquis, —car vous m'avez merveilleusement secondé. (*La regardant toujours.*) Comme la jeune fille s'est vite transformée en belle et noble dame ! comme la Maritana est vite devenue la comtesse de Bazan ! Et, chose étrange, ces façons, ce langage, que nous avons cru lui révéler, on aurait dit qu'elle les avait oubliés et qu'elle ne s'en souvenait tout à coup. Je crois, Dieu me damne! que c'est une distraction du destin qui l'avait jetée dans les carrefours de Madrid, et que nous lui avons rendu sa véritable place.

Le Mar. Je crois... tout ce que vous croyez.

Jose. Ce cher marquis !... il a un tact ! Comment gouvernez-vous les oiseaux de sa majesté ?

Le Mar. J'en suis fort content,—ils produisent beaucoup.

Jose. Grâce à vous, assurément. (*Le Marquis s'incline. Confidentiellement.*) Le grand maître des petits chiens du cabinet se fait vieux, — nous causerons de sa survivance.

Le Mar. Ah ! monseigneur ! ce poste de confiance, à moi !

Jose. Vous en êtes tout à fait digne. (*Bas, en lui montrant la marquise.*) Mais prenez garde, — voilà deux jeunes cavaliers qui parlent de près à la marquise. Ah ! c'est qu'elle est toujours jeune et toujours belle.

[*Il s'éloigne.*

Le Mar. (*Avec joie.*) Lui aussi !

La Mar. Plaît-il ?

Jose. (*S'approchant de* MARITANA.) Comme vous voilà songeuse, au milieu du bruit et du mouvement ! ne seriez-vous pas heureuse des plaisirs que le marquis réunit autour de vous ? Rien ne manque à cette fête.

Mar. (*A demi-voix et avec mélancolie.*) Non, — rien n'y manque, monseigneur, — mais il y manque quelqu'un.

Un valet. (*S'approchant de don* JOSE, *et à demi-voix.*) Monseigneur, — là, — on attend.

Jose. (*Vivement.*) C'est bien ! (*Bas au marquis.*) Eloignez tout ce monde.

Le Mar. A l'instant ! (*Haut.*) Messieurs, une collation à la française, dans le goût si fin de la cour de Versailles, vous attend dans la grande salle du palais.

Jose. (*A* MARITANA, *avec intention.*) Il ne manquera personne à cette fête. (*Bas, au marquis en sortant.*) Retenez ici la senora.

[*Il sort. Tous les personnages muets se sont retirés.*

SCÈNE II.

LE MARQUIS, LA MARQUISE, MARITANA.

Mar. (*Frappée de ces dernières paroles.*) Qu'a-t-il dit là ! Personne ne manquera — Avez-vous entendu ce qu'a dit don José?

Le Mar. Non — mais ce doit être fort bien.

Mar. Personne ! Oh non, on m'abuse encore--on me trompe toujours--Tout est mystère depuis ce mystérieux mariage. C'est la reine, m'a-t-on dit, c'est ma noble et vénérée maîtresse, qui m'a faite comtesse de Bazan, pour qu'un nom, un titre me donnaient le droit de l'approcher et si, le cœur tout plein ? d'ambitieux désirs je demande quand je verrai enfin ma souveraine dans son palais de l'Escurie ! plus tard, me répond don José, plus tard : et si, tressaillant chaque fois que l'on m'appelle comtesse de Bazan je demande où il est, et quand il reviendra de son long exil, le mari qu'on m'a donné dans la sombre chapelle d'une prison — plus tard, me répond encore don José. A mon orgueil, qui veut les splendeurs de la cour, la tendresse d'un époux, toujours cette froide réponse : Plus tard! Monsieur le marquis, don José me trompe, n'est-ce-pas?— il me trompe!

Le M. Ah ! sainte Vierge ! Don José !—mais il m'aurait donc trompé aussi, moi ? Je ne serais donc pas gouverneur de la volière du roi ?

La M. Puis, d'ailleurs, ma nièce, ce mari que vous aimez—de confiance.

Le M. (*Bas et vivement.*) Gazella ! prenez garde !

La M. (*Poursuivant.*) Ce mari, vous ne le connaissez pas—vous ne l'avez même pas vu.

MARITANA.

Air de la Fille du Lac.

Non—mais je sais, madame,
Qu'il est plein de bonté,
Lui, qui me prit pour femme
Malgré ma pauvreté—
Je sais qu'une sentence
Loin de nous le proscrit,
Que sa triste existence
Dans l'exil se flétrit—
  Il fut généreux,
  Il est malheureux :
Quand vers lui mon cœur s'élance,
  Une douce voix
  Me dit que je dois,
Que je dois l'aimer deux fois.

On peut remplacer le couplet par ce qui suit.

——Non—mais je sais qu'il est bon et généreux—puisqu'il a voulu partager son rang et sa noblesse avec une pauvre fille comme moi. Je sais qu'il a souffert, puisque notre hymen s'est fait dans les ténèbres d'une prison, puisque aujourd'hui encore il est condamné à vivre loin de son pays, loin de moi. Dites-moi, madame, ne dois-je pas l'aimer deux fois, et parce qu'il est bon, parce qu'il est malheureux ?——

(*Résolûment.*) Oh ! je ne veux pas vivre ainsi plus longtemps, dans ce doute et dans cette incertitude ! Je veux que don José me réponde enfin, lorsque je lui dirai : Monsieur, quand verrai-je la reine ? Monsieur, quand verrai-je mon mari ?

SCÈNE III.

LES MÊMES, DON JOSE.

Jose. (*Qui vient d'entrer.*) Aujourd'hui, Senora.

Mar. (*Tressaillant.*) Aujourd'hui ?

Le M. (*A part.*) Aujourd'hui ! (*Bas à* DON JOSE.) Il n'est donc pas mort ?

La M. (*A* DON JOSE.) Mais vous disiez qu'il était.

Jose. (*Bas.*) Silence !

Mar. (*Avec anxiété.*) Monsieur le comte— j'ai mal entendu, n'est-ce pas.

Jose. Calmez-vous— ne tremblez pas ainsi, pauvre enfant, et écoutez-moi.

Le M. (*A part.*) Je vais donc savoir quelque chose !

[*Il se rapproche ainsi que la marquise.*

Jose. Monsieur le marquis, et vous senora.

[*Il les invite du geste à se retirer.*

body is of the same opinion. (To two other cavaliers.) My dear friends, I expect you to dinner to-morrow—you will drink some more of my old wine of Alicante.

Jose. (Aside, looking at Mar.) Absent-minded—preoccupied—good!

Marq. (Approaching him.) What are you looking at so attentively, my lord?

Jose. I am contemplating, admiring my work—and yours, Marquis—for you have marvelously seconded me. (Still looking at him.) How quickly the young girl has transformed into the beautiful and noble lady! How quickly Maritana became the Countess de Bazan! And stranger still, these manners, this language, which we thought would be a revelation to her, one would say she had forgotten and remembered again suddenly. I believe that it is a freak of destiny that threw upon the public squares of Madrid, this young girl whom we have simply placed in her true position.

Marq. I believe—all that you believe.

Jose. This, dear Marquis!—he has so much tact! How are you getting along with His Majesty's birds?

Marq. I am well pleased with them—they multiply very fast.

Jose. Thanks to you undoubtedly. (Marq. bows confidentially.) The grand master of the little dogs of the Cabinet is getting old—we will talk of his successor.

Marq. Ah, my Lord! A position of such confidence to me!

Jose. You are entirely worthy of it. (Aside to him, pointing to the March.) Take care; there are two young cavaliers edging up very close to the Marchioness. Ah! You know she is always young and always beautiful. (He goes away.)

Marq. (Joyfully.) He too!

March. What is it?

Jose. (Approaches Maritana.) How absent-minded you are in the midst of all this bustle and gaiety! Are you not happy amid the pleasures with which the Marquis surrounds you? There is nothing wanting to this fête.

Mar. (Sadly.) No, there is nothing wanting, my lord; but something is wanting.

A Servant. (Approaching Don Jose, low to him.) My lord, there—they are waiting.

Jose. (Quickly.) It is well! (Low to the Marq.) Get rid of everybody.

Mar. Immediately. (Aloud.) Gentlemen, a luncheon in the style of the Court of Versailles awaits you in the banquet hall of the Palace.

Jose. (To Maritana. Pointedly.) No one will be wanting at this feast. (Low to the Marq. as he goes out.) Detain the Marchioness here. (He exits.)

SCENE II.

THE MARQUIS, THE MARCHIONESS, MARITANA.

MARITANA is struck with the last words of JOSE.

Mar. What did he say? No one would be wanting; did you hear what Don Jose said?

Marq. No; but it must be well said.

Mar. No one! Oh, no; they are still deceiving me—they are always deceiving me. It was

the Queen they told me, my noble and respected mistress, who made me the Countess de Bazan; that a name, a title, should give me the right to approach her; if, with my heart filled with ambitious desires, I ask when I will see my sovereign in her Palace of the Escurial? later, answers Don Jose, later; and if, trembling each time they call me the Countess of Bazan, I ask where my husband is, and when he will return, from his long exile, this husband given to me in the gloomy chapel of a prison—later, answers again Don Jose. When my pride demands the splendors of a court, when my heart demands the tenderness of a husband, always this cold answer: later. Marquis, Don Jose is deceiving me, is he not?

Marq. Ah, Holy Virgin! Don Jose! Perhaps I am not the Governor of the King's Aviary.

March. At any rate, my niece, you love this husband—by faith.

Marq. (Low and quickly.) Gazella! Take care!

March. This husband whom you do not know—whom you have never seen.

Mar. *Air of the Daughter of the Lake.*

No, madam, but on my life,
He, who in my poor estate
Chose me to be his wife,
Can but with goodness mute.
I know that a rude sentence
Detains him so far away,
In spite of his repentance
In gloom he is obliged to stay.
In my heart a sweet voice
Pleads for love, I have no choice.

(The above can be replaced by the following.) No—but I know that he is good and generous—since he bestowed his rank upon a poor girl like me. I know that he has suffered, since our union was contracted in the prison gloom, since he is obliged to live far from his country and far from me. Tell me, madame, should I not love him doubly, because he is good, and because he is unhappy? (With decision.) Oh! I cannot live any longer in doubt, in this incertitude! Don Jose must answer me when I say to him: My Lord, when shall I see the Queen? My Lord, when shall I see my husband?

SCENE III.

The Same, DON JOSE.

Jose. (Entering.) To-day, Senora.

Mar. (Shuddering.) To-day?

Marq. (Aside.) To-day! (Low to Don Jose.) Then he is not dead?

March. (To Don Jose.) But you said that he was.

Jose. (Low.) Silence!

Mar. (Anxiously.) The Count—I did not hear right did I?

Jose. Calm yourself—Do not tremble so poor child, and listen to me.

Marq. (Aside.) At last I am going to find out something. (Marq. and March. approach Jose.)

Jose. Marquis, and you Senora (makes a sign to them to leave.)

Le M. Ah bah !

[*Il s'incline et sort avec la marquise.*

Mar. (*Avec anxiété.*) Nous sommes seuls ! Parlez, parlez, de grâce ! Mon mari—

Jose. Il est ici— près de vous. Mais forcé de se cacher à tous les yeux, tant qu'un condamnation terrible pèsera sur lui— c'est pour vous, pour vous seule qu'il revient !

Mar. (*Vivement.*) Oh ! nous lui trouverons un asile ! Mais où est-il donc ?

Jose. Le voici !

[*Le Roi paraît.*

SCÈNE IV.

Don Jose, Maritana, Le Roi.

Mar. (*Reculant à sa vue, avec un cri étouffé.*) Mon Dieu !

Le R. (*S'avançant et d'une voix troublée.*) Madame ! Maritana ! me reconnaissez-vous ?

Mar. (*A part, et comme brisée.*) Lui !— c'était lui !—dont l'aspect me glaçait autrefois !

Le R. (*Avec passion contenue.*) Reconnaissez-vous l'homme dont le regard vous poursuivait en tous lieux?— qui seul était silencieux et sombre, au milieu de la foule joyeuse, quand vous chantiez pour le peuple, sur les places de Madrid ?

Mar. (*Avec effort.*) Je vous reconnais, monseigneur.

Le R. C'est que je vous aimais tant, Maritana !—c'est que mon bonheur et ma joie n'étaient plus que là où vous étiez ! Oh ! il fallait que la distance fût franchie entre vous et moi ! Il fallait que nous fussions pauvres tous deux, ou tous deux riches et nobles !

Jose. (*Craignant qu'il ne se trahisse.* Et don César proscrit n'eut plus à vous offrir que la seule chose, qui ne pouvait lui être ravie— son nom puis, il fallut vous séparer.

Le R. Mais je vous revois enfin ! Oh ! par grâce et pitié, un seul mot, qui soit un espoir, une promesse d'amour !— et ma souveraine maîtresse, ce sera vous !—ma patrie, au lieu où vous serez ! Je ne vivrai plus que par vous et pour vous !

Jose. (*Vivement.*) Don César. Il y a qu'au palais – on peut venir de ce côté.

Le R. Et il ne faut pas qu'on soupçonne son retour ! Mais, si je suis contraint de me cacher encore, je puis du moins vous voir, vous aimer en secret. Je puis être heureux loin des regards du monde. Nous partirons ensemble. Maritana!

Mar. Ensemble !

Le R. A quelques lieues de Madrid, près d'Aranjuez, il est une maison isolée, inconnue, presque invisible au milieu d'un bois sombre— c'est là que je vais vous conduire.

Jose. Mais hâtez-vous !

Le R. Oui— venez, Maritana—partons.

Mar. (*Avec effroi.*) Partir !

Le R. Vous—hésitez ?

Mar. (*Timidement.*) Partir ainsi—brusquement—sans un mot au marquis !

Le R. Refusez-vous de me suivre, Maritana ?

Jose. Non, mais la comtesse a raison, il faut aussi qu'elle congédie ses invités. Elle vous suivra, don César.

Le R. (*D'une voix suppliante.*) Maritana—un carrosse est là, au bout de ce jardin—une maison est là-bas, au fond d'un bois, et votre amant— (*Mouvement de* don Jose.) Votre mari—vous y attend.

Jose. On vient-- partez, partez !

[*Le roi s'éloigne rapidement par la gauche. La marquise paraît, et, sur un signe de don Jose, emmène Maritana éplorée.*

SCÈNE V.

Don Jose, *seul, triomphant.*

Le roi aura une maîtresse !— et la reine se vengera du roi. J'aurai courbé toutes les volontés et toutes les résistances sous mon audace et sous mon habileté ! Que des obstacles inconnus se dressent sur ma route—je les briserai !

Un moine se présente et s'avance avec humilité.

—Arrivé près de don Jose, qui s'incline, il enlève sa barbe et la jette au loin.

SCÈNE VI.

Don Jose, Don César.

Ces. (*Gaiement.*) C'est moi— Bonjour, mon cher !

Jose. (*Comme frappé de la foudre.*) Don César !— est-il possible ! Vous ! vous n'êtes pas mort !

Ces. Et vous?— cela va bien?—moi je me porte à merveille.

Jose. (*Consterné.*) Vivant !— Vivant ! Qui donc vous a sauvé !

Ces. (*Otant sa robe de moine.*) Qui? pardieu, ma bonne fée !

Jose. Votre—bonne fée ?

Ces. Qui, d'un coup de baguette, a brisé la corde qui menaçait mon cou et fait rentrer sous terre le gibet qui me tendait ses bras.

Jose. Mais, après ce mariage, je vous ai vu marcher au supplice !

Ces. Oui—mais j'y marchais calme et souriant —car il est impossible, me disais-je à part moi, que ma bonne fée m'abandonne au moment le plus intéressant—sa baguette aura chargé les arquebuses de balles magiques. Et, en effet, quand l'explosion éclate, quand je crois et dois recevoir en pleine poitrine une livre de plomb grossier— et malfaisant— (*avec volupté*) je vois des masses de fleurs voltiger, fraîches et odorantes, autour de mon front— je sens une brise embaumée qui soulève les boucles de ma chevelure— ravi, extasié, je tombe avec grâce— comme tout gentilhomme fusillé doit le faire.

Jose. Vous tombez !

Ces. Par politesse— et pour me donner une contenance. Je me sens mourir. Erreur ! c'était un rêve, et deux heures après, je m'éveillais dans le réduit mystérieux de Matalobos, une bouteille d'une main et un cornet de l'autre. Merci, bonne fée, merci !

Jose (*A part, avec rage.*) Oh ! l'on m'a trahi. Mais qui donc?—qui donc?

Ces. (*S'asseyant sans façon.*) Ah ça, il y a grande fête ici— est-ce pour célébrer le retour de l'époux, ou la résurrection du mort ? Je suis un et l'autre.

Jose. Vous dites !—

Ces. Oh ! attendez la fin de l'histoire—vous n'êtes pas à bout de miracles et de merveilles; donc, hier, j'étais attablé entre un spadassin et un aventurier, quand vient à passer un carrosse, où deux femmes étaient--l'une jeune belle !— l'autre—(*s'arrêtant*) je ne m'occupe que de l'une (*avec ravissement*)—le front pur d'un ange, les deux yeux d'une madone. Je regardais, sans parler-- sans penser-- absorbé dans ma contem-

Marq. Pshaw! (Bows and exits with the March.)

Mar. (Anxiously.) We are alone! Speak, speak, I implore you! My husband—

Jose. He is here—near you. But forced to hide from all eyes as long as this terrible sentence hangs over him—It is for you, and you alone that he returns.

Mar. Oh! We will find him a hiding place? But where is he?

Jose. Here he is! (King appears.)

SCENE IV.

DON JOSE, MARITANA, THE KING.

Mar. (Drawing back with a stifled cry.) Great Heavens!

King. (Advancing with emotion.) Madame! Maritana! Do you recognize me?

Mar. (Aside.) He! It was he—whose looks seemed to freeze my heart!

King. (Impulsively.) Do you recognize the man whose eyes followed you everywhere? Who alone was silent and gloomy in the midst of the joyous crowd, when you sang to the people on the squares of Madrid?

Mar. (With an effort.) I recognize you, my lord.

King. It was because I loved you so much Maritana!—And that my happiness was only where you were—Oh! it was necessary that the distance between us should be abridged! Either that we should both be poor, or both be rich and noble!

Jose. (Fearing that he should betray himself.) And Don Caesar expatriated had but one thing to offer you—and that was his name, since you were oblige to separated.

King. But I see you at last! Oh! in mercy give me one word of hope, one promise of love! —and you will be my sovereign mistress!—my country will be where you are! I will live only for you, and by you!

Jose. (Quickly.) Don Caesar, it is only in the palace—some one may come—

King. And my return must not be suspected! But, if I am still obliged to hide myself, at least I can see you, love you in secret. I can be happy far from the eyes of the world. We will fly together. Maritana!

Mar. Together?

King. Some miles from Madrid, near Aranjuez, there is an isolated house, unknown, almost invisible in the midst of a dark wood—it is there that I would take you.

Jose. But be quick!

King. Yes—come Maritana let us go.

Mar. (Frightened.) Go!

King. You—hesitate?

Mar. (Timidly.) To leave this way—so suddenly—without a word to the Marquis?

King. Do you refuse to follow me, Maritana!

Jose. No, but the Countess is right, she must take leave of her guests. She will follow you Don Caesar.

King. (Imploring her.) Maritana—a carriage is there, at the foot of the garden—a house is there, in the midst of the woods, and your lover —(movement on the part of Jose) your husband —awaits you.

Jose. Some one is coming—go, go, (the King walks away rapidly L.) (The Marchioness appears and on a sign from Jose leads Maritana away weeping.)

SCENE V.

DON JOSE, alone.

Jose. (Triumphantly.) The King will have a mistress!—and the Queen will revenge herself! With my audacity and my dexterity I have curbed at will all that resisted me! How many unknown obstacles have arised in my path—I will crush them! (A priest advances humbly, reaches Don Jose, bows, then takes off his beard and throws it away.)

SCENE VI.

DON JOSE, DON CAESAR.

Cae. (Gaily.) It is I—good day my dear fellow.

Jose. (Amazed.) Don Cæsar!—Is it possible? You? You are not dead?

Cae. And you? How goes it? I feel excellently well.

Jose. (In consternation.) A'ive!—Alive!— Who saved you?

Cae. [Taking off his priest's gown.] Who? By Jove, my good fairy!

Jose. Your—good fairy?

Cae. Yes. Who, with a stroke of her wand, cut the cord which threatened my neck and sent the whole gibbet, which was extending its arms to me, down into the earth.

Jose. But after this marriage, I saw you march off to execution?

Cae. Yes—but I was marching with a calm smile—because it was impossible I thought to myself that my good fairy should abandon me at the most interesting moment—her wand has perhaps changed the balls in the guns by magic. And sure enough, when the explosion took place, when I thought to receive a pound of unwholesome lead in my breast (with ecstasy) I saw masses of flowers flying round in the air, fresh and sweet I felt a perfumed breeze fanning the ringlets on my brow—in ecstasy I gracefully fell—as every nobleman should do when he is shot.

Jose. You fell?

Cae. Out of politeness—I felt that I was dying. Not so! It was but a dream. Two hours afterwards I woke up in the mysterious retreat of Matalobos, with a bottle in one hand, and a horn in the other. Thanks, good fairy, thanks?

Jose. (Aside. Furiously.) Oh! I have been betrayed. But, by whom?—By whom?

Cae. (Sitting down unceremoniously.) I say, you have an entertainment here—is it to celebrate the return of the husband, or the resurrection of the dead? For I am both.

Jose. You say?—

Cae. Oh, wait till you hear the end of the story—you have not heard the end of the miracles and marvels; yesterday I was at table between a bravado and an adventurer, when a carriage passed with two ladies seated in it— one was young and beautiful—the other —(stopping short) well, never mind the other one (in ecstasy), the brow pure as an angel, the eyes of a Madonna. I looked at her without speaking

plation-- quand un de mes compagnons me dit: Vous, qui êtes gentilhomme, mon maître, connaissez-vous pas ces armoiries? Je regarde-- c'étaient les miennes! Quelle est cette femme, dans ce carrosse? demandai-je. Un paysan me répond : C'est la comtesse de Bazan, qui depuis un mois habite le palais de San-Fernando.

José. (A part.) Malédiction !

Ces. Je bondis. Tout à coup, je me souviens d'une petite main blanche et douce que j'avais pressée, le jour que vous savez. Je m'élance à la poursuite du carrosse. Arrivé aux portes de ce palais, la nuit était venue, les portes se fermèrent devant moi, et la voix d'un valet me cria : Passez au loin ! Je me retirai triste et rêveur. *(Confidentiellement.)* J'errai toute la nuit dans la campagne--enfin, vous le dirai-je, j'aimais--j'aimais--pour la première fois! Le jour est revenu les portes du palais se sont rouvertes, et me voilà! Où est ma femme? répondez vite--car il ne fait pas bon ici, pour moi. Je suis vivant, c'est vrai, mais sous le coup d'une condamnation capitale--

José (A part, avec joie.) Ah ! Il ignore qu'il a sa grâce! *(Haut et d'un ton calme.)* Quels sont donc vos desseins, don César ?

Ces. (Riant.) Veuillez me dire, s'il vous plaît, pourquoi on se marie en Espagne. Suis-je marié, oui ou non ? oui. Ma femme est belle--et je l'aime comme un fou. Elle est à moi, elle m'appartient--et je la veux.

José. (A part.) Et tout cet édifice élevé à grand'peine s'écroulerait ainsi !

Ces. C'est vous qui me l'avez donnée--et vous m'en répondez. Don Jose, où est ma femme ?

José. (Qui a réfléchi, tout à coup, avec force.) Non ! cela ne sera pas !

SCÈNE VII.

LES MÊMES, LE MARQUIS.

Le M. Vive Dieu ! mes convives sont d'une gaieté ! ils ne cessent de boire à la comtesse de Bazan, ma--

Ces. (Vivement.) La comtesse ? ma femme ? Où est-elle ?

Le M. (Tout ahuri.) Plaît-il? Vous êtes don César ? don César-il n'est pas mort?

José. (Bas au Marquis.) Pas un mot de plus, et que rien de ce qui va se passer ne vous étonne. N'essayez même pas de comprendre. *(Haut, et du ton de la résignation.)* Don César, vos droits sont sacrés, et nul ne songe à vous les ravir. La comtesse de Bazan, votre femme, va venir à l'instant. *(Avec intention.)* Attendez--

SCÈNE VIII.

DON CÉSAR, LE MARQUIS, puis DON JOSE et LA MARQUISE.

Ces. (En extase.) Elle va venir ! je vais la revoir ! rayonnante de jeunesse et de beauté ! Ah ! monsieur, monsieur ! restez là, près de moi, pour me soutenir, si je chancelle à force de bonheur et de ravissement !

Le M. Je suis prêt à vous soutenir.

[DON JOSE *paraît, conduisant* LA MARQUISE *par la main.*]

José. (Après avoir serré la main de LA MARQUISE, *été jeté un coup d'œil au marquis.)* Don César, voici la comtesse de Bazan.

Ces. (Revelant.) Miséricorde !

Le M. (A part.) Il lui donne ma femme !

Ces. C'est l'autre. *(Consterné.)* Voilà donc ce que cachait le voile maudit !

Ces. (Bas au marquis.) Monsieur ! par où sortons le plus vite de ce palais?

José. (Reprenant haut.) Don César ! voici la comtesse de Bazan, qui est prête à remplir tous ses devoirs envers l'époux qui réclame tous ses droits.

Ces. (Balbutiant.) Pardon -- ai-je dit--tous ? Je ne crois pas avoir dit. *(Bas à don Jose.)* Vous n'auriez pas là vos dons arquebusiers ? Non ? J'aurais mieux aimé cela. *(Bas au marquis.)* Mais regardez-la donc, monsieur ! C'est une effroyable vieille !

Le M. (A part.) Qu'est-ce qu'il dit !

José. (Insistant.) Madame est prête à vous suivre.

Ces. (A LA MARQUISE.*)* Non, rassurez vous, madame. Après tout, suis-je un gentilhomme--ou un manant qui ne sait quels égards, quels ménagements sont dus à vous, noble dame ? Non, je ne réclame, je n'explique rien ! *(Bas au marquis.)* Mais voyez-vous ces étoiles de rides !

Le M. (A part.) Ah ! je me contiens à peine !

Ces. Non, madame, non ; ce n'est qu'après de longues années, qu'un jour--*(vivement)* peut-être ! j'oserai. *(A part.)* Ah ! je n'oserai jamais ! *(Bas, au marquis.)* A vous, monsieur--vous qui êtes personne aussi vieux qu'elle, vous n'en voudriez pas pour femme !

Le M. (Hors de lui.) Ah ! c'en est trop ! Si elle ne vous plaît pas, au moins nen dé--couragez pas les autres !

Ces. (Désespéré.) Qu'est-ce que cela fait aux autres ! Ils sont bien heureux les autres !

José. (Avec force.) Allons plus de mensonges et de contrainte--parlons nous a visage découvert. *(Brusquement.)* Don César, il nous fallait votre nom, vos titres--rien de plus--Le mari qu'on prenait en vous, c'était l'homme qui n'avait plus que deux heures à vivre.

Ces. (A part, regardant LA MARQUISE.*)* Et j'étais moins à plaindre qu'à présent !

José. Madame la comtesse de Bazan ne vous aime pas.

Ces. (B part.) Il y a sympathie.

José. Eh bien ! un marché peut encore se faire entre vous. Votre femme est riche, très-riche, et vous n'avez rien--

Ces. Le compte est exact.

José. A vous une pension de six mille piastres --que vous dépenserez comme vous voudrez, et où vous voudrez--*(vivement)* mais partout ailleurs qu'à Madrid *(appuyant)* si vous jurez de renoncer à tous les droits que vous donne ce mariage--

Ces. (Vivement.) A tous ! je le jure !

José. Si vous écrivez et signez à l'instant ce que je vais vous dire--

Ces. (S'asseyant.) J'écris et je signe. Dictez.

José. (Dictant.) "Moi, don César de Bazan, comte de Garofa -- je m'engage -- sur mon honneur et ma foi de gentilhomme--à quitter Madrid--à n'y jamais reparaître--à ne jamais revoir la comtesse de Bazan, ma femme."

Ces. (A part.) Il me donne six mille piastres pour cela ! Je lui en aurais donné douze mille ! *(Haut, écrivant.)* "Ma femme."

José. (Continuant.) "A ne jamais réclamer les droits d'un mari."

Ces. Jamais !

José. Signez !

Ces. (Signant.) Don César de—

Un V. (Passant au fond.) La carrosse de madame la Comtesse de Bazan !

[DON CÉSAR *s'arrête.*

—withou. thinking—absorbed in my contemplation—when one of my companions said to me: You, who are noble, my master, do you recognize this coat of arms? I looked—it was my own! Who is that woman in the carriage, I asked. A peasant answered me: It is the Countess de Bazan, who has been living in the palace of the San Fernando for the last month.

Jose. (Aside.) Damnation!

Cae. I started to my feet. All at once I remembered a little, soft, white hand which I had pressed on that memorable day. I darted in pursuit of the carriage. When I arrived at the doors of the palace it was night, and the servant shut the door in my face as he cried out, pass on! I went away absorbed in gloom. (Confidentially.) All night long I wandered about this country, for, shall I avow, that I loved —I loved—for the first time! Day has returned, the doors of the palace are open—and here I am! Where is my wife? Answer quickly—because it is not well for me to be here. I am alive, it is true, but under sentence—

Jose. (Aside. Joyfully.) Ah, he is ignorant of his pardon! (Aloud with calmness.) What are your plans, Don Cæsar?

Cae. (Laughing.) Be so kind as to tell me, if you please, why people get married in Spain? Am I married, yes, or no? Yes. My wife is beautiful—and I am madly in love with her. She is mine, she belongs to me—and I want her.

Jose. (Aside.) And that all this edifice, that I have built with so much trouble, should be shattered thus!

Cae. It is you who gave her to me—and you answer for her. Don Jose, where is my wife?

Jose. (After a moment's reflection. Suddenly with decision.) No—it will not be !

SCENE VII.

The Same, THE MARQUIS.

Marq. God be praised! My guests are enjoying themselves, they never cease drinking the health of the Countess de Bazan, my—

Cae. (Quickly.) The countess? My wife? Where is she?

Marq. (Taken aback.) I beg pardon? You are Don Cæsar? Don Cæsar—is he not dead?

Jose. (Low to the marquis.) Not another word, and let nothing which takes place surprise you. Don't even try to understand it. (Aloud with resignation.) Don Cæsar, your rights are sacred, let no one attempt to deprive you of them. The Countess de Bazan, your wife, will be here in a moment. (Pointedly.) Wait—

SCENE VIII.

DON CÆSAR, THE MARQUIS, DON JOSE, THE MARCHIONESS.

Cae. (In ecstacy.) She is coming! I will see her in her dazzling youth and beauty! Ah, sir, remain near me to sustain me if I faint from over happiness.

Marq. I am ready to sustain you.

Jose. (Appears leading on the marchioness.) (Presses the hand of the marchioness and gives the marquis a look.) Don Cæsar, this is the Countess of Bazan.

Cae. (Drawing back.) Merciful heavens!

Marq. (Aside.) He is giving him my wife.

Cae. It's the other one! This is what that horrible veil was concealing! (Low to the marquis.) Sir, which is the shortest way out of this palace?

Jose. (Aloud.) Don Cæsar! This is the Countess de Bazan, who is ready to obey the husband who claims all his rights.

Cae. (Stammering.) Pardon—did I say all? I don't think I said that. (Aside to Don Jose.) Would you happen to have any gunners among your fairy gifts? No? I would prefer them. (Low to the Marq.) But look at that, sir! That frightful old woman!

Marq. (Aside.) What does he say?

Jose. (Insisting.) Madame is ready to follow you.

Cae. (To the March.) No, reassure yourself, madame. After all am I a gentleman—or a ruffian, who does not know how to treat a noble lady? No, I claim nothing, I explain nothing. (Low to the Marq.) Do you see those millions of wrinkles? [myself!

Marq. (Aside.) Ah! I can hardly contain

Cae. No, Madam, no ; it will only be in years from now that some day—(quickly) perhaps! I will dare. (Aside.) Ah! I will never dare! (Low to the Marq.) You, sir, who are almost as old as she is, you would not have her for a wife!

Marq. (Excitedly.) Ah! This is too much! If she does not please you, at least don't discourage others!

Cae. (In despair.) What is that to others? Others are lucky!

Jose. Come, no more subterfuges—let us unmask. (Quickly.) Don Cæsar, we needed your name, your titles—nothing more—the husband we selected in you was a man who had but two hours to live.

Cae. (Aside, looking at the March.) And I was less to be pitied then than now!

Jose. The Countess de Bazan does not love you.

Cae. (Aside.) I can shake hands with her.

Jose. Well, a bargain can be made between us. Your wife is rich, very rich, and you have nothing—

Cae. Your calculation is exact.

Jose. You will have a pension of 6,000 piastres—which you will spend as you like and where you like—(quickly) except, however, in Madrid. You swear to renounce all rights that this marriage gives you—

Cae. (Quickly.) All! I swear!

Jose. If you write and sign at once what I dictate—

Cae. (Sitting down.) I write and I sign. Dictate.

Jose. (Dictating.) "I, Don Cæsar de Bazan, Count de Garofa—promise—on my word of honor and word of a gentleman—to leave Madrid —and never return to it—never to see the Countess de Bazan, my wife."

Cae. (Aside.) And he gives me 6,000 piastres for that! I would have paid him 12,000 for it. (Aloud, writing.) "My wife."

Jose. "And never to claim the rights of a husband."

Cae. Never!

Jose. Sign.

Cae. (Signing.) Don Cæsar de—

(A servant appearing at the back.)

Servant. The carriage of the Countess de Bazan. (Cæsar stops.)

Jose. (*Vivement.*) Signez, signez donc !

(MARITANA *paraît au fond et est aussitôt entourée des personnages de la fête.*)

Ces. (*La reconnaissant.*) Elle !

Un S. (*A* MARITANA.) Madame la comtesse de
Bazan me permettra-t-elle de lui offrir la main ?

Ces. (*Brisant la plume qu'il tenait.*) On me
trompait !

[MARITANA *s'éloigne ; il veut s'élancer sur ses
pas.*

Jose. (*Se plaçant devant lui.*) Arrêtez, don
César ! (*Lui montrant le papier.*) Vous venez de
jurer, sur votre l'honneur et sur votre foi de
gentilhomme.

Ces. (*Déchirant le papier.*) Ramassez donc les
morceaux de mon serment !

[*Il veut sortir.*

Jose. (*L'arrêtant de nouveau.*) Don César ! une
sentence de mort pèse sur vous--et moi, comte
Jose de Santarem, ministre du roi, je n'ai qu'un
geste à faire pour que vous mouriez !

Ces. Ah ! vous jetez le masque enfin, et je
comprends vos infâmes machinations !

Jose. La fuite vous est encore possible--mais
souvenez-vous que tout obéi aux ordres que je
donne.

Ces. Donnez-les donc, ces ordres--mais ne me
proposez plus de vos honteux marchés ! car, si
vous êtes devenu assez vil pour les offrir, je suis
trop noble encore pour les accepter !

Jose. Prenez-y garde ! Un pas de plus sur les
traces de cette femme--un pas de plus--vous
conduit à la mort !

Ces. Alors, faites-moi place !

[*Il repousse* DON JOSE *et sort.*

Jose. Dix alguazils à la poursuite cet homme !
Qu'on l'arrête et, s'il resiste qu'on le tue !

ACTE IV.

Au fond une grande fenêtre ouvrant sur un balcon et dominant des jardins. Portes latérales.
Les flambeaux brûlent sur une table.

SCÈNE PREMIÈRE.

Laz. (*Seul.*) Tout est prêt--Le signeur don
Jose a bien tenu sa parole, je dois fidèlement le
servir--Mais que signifie cette mystérieuse intrigue ? Le maître a fait acheter secrètement
cette maison, à deux lieues d'Aranjuez--à peine
m'y avait-il laissé seul, qu'une femme, que je ne
connais pas, est venu s'y installer. (*Baissant la
voix et mystérieusement.*) Je croyais, monseigneur,
que vous n'aviez qu'un seul amour dans le cœur
--amour insensé, criminel, que personne, excepté moi, ne peut soupçonner ! Ne serait-il pas
le seul ? nous verrons bien. Il m'a dit d'atten-
dre--attendons.

SCÈNE II.

LAZARILLE, DON JOSE.

Jose. Est-on venu ?

Laz. Oui, monseigneur--une dame, qui s'est
enfermée dans cette chambre.

Jose. Le carrosse et les gens ?--

Laz. Sont aussitôt repartis.

Jose. C'est bien.

Laz. Annoncerai-je monseigneur ?

Jose. Non. Tu n'annonceras, ni moi, ni celui
qui va venir.

Laz. Celui qui va venir ?

Jose. (*Plus Bas.*) Hier, tu m'as suivi au palais
de l'Escurial.

Laz. Comme je vous suis partout--oui, monseigneur.

Jose. Une personne s'est approchée à moi, et m'a
dit : Soyez le bienvenu, don Jose de Santarem.
Tu pourrais au besoin rappeler son visage ?

Laz. Si je le pourrais ? Un visage qui se
trouve sur toute la monnaie d'Espagne, en-
touré du nom de celui qui le porte !

Jose. Silence ! Tu te rappelleras ce visage; et
tu oublieras ce nom. Cette personne est la seule
qui doive pénétrer ici cette nuit.

Laz. Si quelque autre se présente ?

Jose. Tu refuseras d'ouvrir. Si l'on insiste, si
l'on te menace, tu as là une arquebuse.

Laz. Et je sais m'en servir.

Jose. Va--laisse-moi.

[LAZARILLE *sort.*

SCÈNE III.

Jose. (*Seul.*) Ce don César ! comment a- t-il pu
échapper à la mort ? Quelques heures plus tôt, et
sa présence renversait tous mes projets, faisait
avorter toutes mes espérances ! au moment où
je touche au but ! Oui, cette nuit, ou jamais ! Mes
plans sont bien conçus. Sous le prétexte d'une
chasse aux flambeaux, sa majesté a quitté l'Escurial, et bientôt elle viendra. Mais, tandis que
Charles II. croit sa royale épouse à Madrid, un
avis secret apprendra à la reine qu'elle est
trompée, trahie, et que les preuves de cette trahison lui seront données, cette nuit, au palais
d'Aranjuez--par le plus dévoué de ses serviteurs.
Elle viendra ! et je devrai à la colère, à la vengeance de la femme outragée, ce que m'a refusé jusqu'ici la dédaigneuse fierté de la reine !
Quant à don César, il a dû se laisser facilement
arrêter, et je n'ai plus à le craindre--

[*On entend au loin le bruit de la chasse, les sons
du cor, etc.*

SCÈNE IV.

DON JOSE, MARITANA.

Mar. (*Entrant.*) Quel est ce bruit ? Ah ! le
comte de Santarem !

Jose. J'ai voulu m'assurer que mes ordres
avaient été fidèlement exécutés que rien ne vous
manquait ici.

Mar. (*Tristement.*) Non, rien—je vous remercie,
don Jose.

Jose. Ainsi, voilà vos beaux rêves réalisés.
Déjà un titre, et bientôt les hommages et l'admiration de la cour. Ai-je prédit juste, madame?
et vous souviendrez vous toujours, Maritana,
que j'ai bien tenue ma promesse ?

Mar. Je ne l'oublierai pas, don Jose—et ma
reconnaissance survivra à mes regrets—car vous
ne saviez pas que la comtesse de Bazan se
repentirait si vite des vœux que animait Maritana.

Jose. Eh quoi ! des regrets ! des larmes !

Laz. (*Entrant.*) Monseigneur ! c'est—

Jose. (*A* LAZARILLE.) Silence ! (*Haut.*) Votre
époux, madame.

Mar. (*Avec effroi.*) Lui !

LE ROI *entre.*—DON JOSE *salue respectueusement et sort au fond, en faisant un signe à
LAZARILLE, qui s'éloigne par la porte à droite.*

SCÈNE V.

MARITANA, LE ROI.

Le R. (*A part.*) Seuls ! Enfin, me voilà seul
avec elle !

Mar. (*A part.*) Mon Dieu ! comme je tremble !

Jose. (Quickly.) Sign, sign! (Mar. appears at back and is immediately surrounded by admirers.)

Cae. (Recognizing her.) She!

Cavalier. (To Mar.) Will the Countess de Bazan allow me to offer her my hand?

Cae. (Breaking the pen.) You were deceiving me! (Mar. goes away, he starts to follow her.)

Jose. (Placing himself between them.) Stop, Don Cæsar. (Shows him the paper.) You have just sworn, on your honor and your word as a gentleman.

Cae. (Tearing up paper.) Pick up the fragments of that oath if you can. (Tries to go.)

Jose. (Stopping him again.) Don Cæsar, the sentence of death hangs over your head, and I, Count Jose de Santaren, Minister of the King, have only a sign to make and you die.

Cae. Aha! You tear off the mask at last, and I understand your infamous machinations!

Jose. Flight is still possible for you—but remember that all here obey my orders.

Cae. Well, give those orders—but don't propose any more shameful bargains! For if you have sunk low enough to propose them, I am still too noble to accept them.

Jose. Have a care! One step more in pursuit of that woman—one more step—leads you to death.

Cae. Then make room for me. (Pushes Jose aside and exits.)

Jose. Send ten soldiers in pursuit of that man. Arrest him, and if he resists kill him!

ACT IV.

A large window at back opening on a balcony overlooking the gardens. Doors on either side. Lights burning on the table.

SCENE I.

LAZARILLO, alone.

Laz. All is in readiness—my Lord Don Jose has kept his word, and I must serve him faithfully—but what is the meaning of this mysterious intrigue? My master secretly bought this house, two miles from Aranjuez—scarcely had he left me here, when a woman, whom I do not know, came and installed herself here. (Lowering his voice mysteriously.) I thought, my Lord, that you had only one love in your heart—a love that is foolish, criminal and which no one suspects but myself! Is it possible that it is not the only one? We shall see. He told me to wait—I will wait.

SCENE II.

LAZARILLO, DON JOSE.

Jose. Have they come?

Laz. Yes, my Lord—a lady, she is shut up in that room.

Jose. The carriage and the people?

Laz. Left immediately.

Jose. Good.

Laz. Shall I announce my Lord?

Jose. No. You will not announce either myself, or the person who is coming.

Laz. The person who is coming?

Jose. (Lowering his voice.) Yesterday you followed me to the Palace of the Escurial.

Laz. As I follow you everywhere—yes, my Lord.

Jose. A person approached me and said: Welcome, Don Jose de Santaren. Could you recall his face?

Laz. Could I? A face that is on all the money in Spain, encircled with its owner's name.

Jose. Silence! You will remember that face, and you will forget that name. That person is the only one who must enter here to-night.

Laz. And if any one else presents himself?

Jose. You will refuse to open. If they insist, if they threaten you, you have your gun.

Laz. And I know how to use it.

Jose. Go—leave me. (Exit Laz.)

SCENE III.

JOSE (Alone).

Jose. That Don Cæsar! How the devil could he have escaped death? A few hours earlier his presence would have upset my plans, crushed my hopes at the moment of attaining my end! Yes, this night or never! My plans are well laid. On pretext of a hunting party by torchlight his Majesty left the Escurial, and will soon be here. But, while Charles II. believes his royal spouse is in Madrid, a secret message will warn the Queen that she is deceived, betrayed, and the proofs of this treachery will be given her to-night at the Palace of Aranjuez—by the most devoted of her servants. She will come! And I will owe to the anger and vengeance of the outraged woman what the proud, disdainful queen has refused! As for Don Cæsar, he must have been easily arrested, I have nothing more to fear. (Noise of hunting horns heard outside.)

SCENE IV.

DON JOSE, MARITANA.

Mar. (Entering.) What is that noise? Ah! The Count de Santaren.

Jose. I wish to assure myself that my orders have been faithfully executed, and that you were in want of nothing here.

Mar. (Sadly.) No, nothing—I thank you, Don Jose.

Jose. So at last your beautiful dreams are realized. Already a title and very soon the homage and admiration of the Court. Did I predict aright, Madame? And you will always remember, Maritana, that I kept my promise?

Mar. I will not forget it, Don Jose—and my gratitude will survive my regrets—for you do not know how quickly the Countess de Bazan repented the ambition of Maritana.

Jose. What? Regrets? Tears?

Laz. My Lord—it is—

Jose. (To Laz.) Silence! (Aloud.) Your husband, Madame.

Mar. (Frightened.) He! (King enters.) (Don Jose salutes respectfully and exits at back making a sign to Laz. who exits R.)

SCENE V.

MARITANA, THE KING.

King. (Aside.) Alone! At last, I am alone with her!

Mar. Great Heavens! How I tremble!

Le R. Pourquoi donc, madame, vous tenez-vous si loin de moi?

Mar. Pardon—c'est que—

Le R. Eh! mais, comme vous êtes pâle! (*Lui prenant la main qu'il presse dans les siennes.*) Cette main est glacée!

Mar. (*Retirant vivement sa main.*) Monsieur le comte—

Le R. Qu'est-ce donc, madame?

Mar. Oui, je suis en effet bien troublée—bien émue—mais ce trouble, cette émotion doivent-ils vous surprendre? Notre mariage a été si bizarre—si étrange—que rien ne doit plus nous étonner, ni l'un ni l'autre. Pardonnez-moi donc ce que j'éprouve ici, et l'aveu que je vais vous faire. (*Avec effort.*) Monsieur le comte—j'ai peur de vous!

Le R. Peur de moi. C'est par de l'effroi que vous répondez à l'amour—d'un mari? (*Avec autorité.*) Ah! nous voulons savoir. (*Se reprenant et avec douceur.*) Je veux que vous me disiez, Maritana, pour quoi vous tremblez près de moi.

Mar. Vous avez le regard si sévère, si imposant—que je me rappelle, malgré moi qu'elle distance nous sépare—quel rang est le vôtre, et quel humble sort était le mien. Je ne puis m'habituer a vous parler—comme à un mari, j'ose à peine arrêter mes yeux sur les vôtres—enfin—j'ai peur de vous.

Le R. Et si je m'efforce de sourire, à envers ma sombre tristesse? Si ce regard, si sévère—se fait doux et suppliant—n'obtiendrai je pas un peu de confiance, un peu d'abandon et de tendresse? Don Jose m'assurait que vous attendiez mon retour avec tant d'impatience! Don Jose me trompait donc!

Mar. Non, monseigneur, ce n'est pas vous, c'est moi qu'on a trompée.

Le R. Comment?

Mar. Je vais tout vous dire—voulais connaitre mon mari, et j'ai interrogé les femmes qui m'entouraient, jusqu'à nos serviteurs, sur ce comte de Bazan, dont je portais le nom.

Le R. Et que vous a-t-on dit?

Mar. On m'a dit que, ruiné, abandonné, proscrit par ceux de son rang, il parcourait l'Espagne comme un aventurier—mais qu'il était resté toujours fier et noble—on m'a dit qu'aux jours de sa misère, les hasards du jeu furent ses seules ressources; mais qu'il était resté toujours loyal—qu'il se battait souvent 'sans motif, mais plus souvent encore pour défendre et protéger le faible. Eh bien! il y avait, dans ce mélange d'abandon et de gaieté, de courage, de générosité et de misère, je ne sais quel charme, auquel je me livrais, en regardant dans l'avenir et dans le passé. Car, moi aussi, j'avais été pauvre, seule et abandonnée. Qui sait, me disais-je, si, quelque jour où je chantais sur les places de Madrid, il n'a pas passé près de moi, riant et chantant dans sa pauvreté? Il devinera mon cœur, lui, enfant perdu comme je l'étais moi-même. Il comprendra l'ennui qui me dévore dans ce palais.

Air : *Je ne sais que t'aimer* (de LABARRE.)

Et moi, je l'attendais, pour revivre, renaître;
J'attendais son retour après tant de revers—
Et lorsque l'on m'a dit : Il vient! il va paraître!
Mon cœur a palpité, mes bras se sont ouverts—
Vous entrez! je vous vois! adieu, rêve, chimère!

Je ne reconnais pas don César, mon époux—
Je le rêvais si bon! Vous êtes si sévère!
Enfin, j'allais l'aimer—et j'ai peur—peur de vous!

On peut remplacer le couplet par ce qui suit.

... Et je l'attendais pour renaître, pour revivre--Et lorsqu'on m'a dit : il revient! mon cœur a battu avec violence, mes bras se sont ouverts avec transport! Vous arrivez--je vous vois, je vous regarde--et je ne le reconnais pas! Vous êtes froid, imposant, sévère. Enfin, je sentais que j'aille l'aimer, et—je sens que j'ai peur de vous.

Le R. (*Avec amour.*) Eh bien! s'il vous faut un époux insouciant et joyeux--souriez-moi, ma bien-aimée--et le bonheur que vous aurez mis dans mon âme se refléter sur mon visage!

Mar. (*se dégageant de ses bras.*) Au nom du ciel! monsieur le comte!

Le R. (*Avec une colère concentrée.*) Je vois, je devine tout, madame! Je n'ais pas toujours été là, d'autres cœurs que le mien vous ont aimée; d'autres voix que la mienne, vous l'ont dit. Un autre que moi (*avec amertume*) qui avait le regard et le visage moins sévères, n'est-ce pas? n'a pas trouvé en vous de pareilles terreurs. Et voilà pour quoi vous repoussez aujourd'hui votre mari (*l'appuyant*) votre seigneur et maître!

Mar. (*Accablée et résignée.*) Oui, vous avez raison, monsieur le comte-- a vous de commander, à moi d'obéir, (*Courbant la tête.*) Vous êtes mon seigneur et mon maître!!

[*Elle s'incline et sort.*]

SCÈNE VI.

LE ROI, puis, DON CÉSAR.

Le Roi. Enfin!--elle est à moi! Que le soit l'amour ou la crainte qui la jette dans un bras, qu'elle soit heureuse ou résignée-- c'est à moi! (*Il va pour entrer chez Maritana. On entend un coup de feu, et don César entre par la fenêtre.*) Un homme!

[*On remonte le théâtre, que* CÉSAR *redescend et ne le voit pas.*]

Ces. Vilaine façon de recevoir les gens! Qui diable a pu me faire ce chaleureux accueil?

Le Roi redescend la scène, en observant DON CÉSAR.

Laz. (*Paraissant au balcon au fond, une arquebuse à la main.*) Don César!-- c'était don César! [*Il disparaît.*]

Ces. Hein? (*Il se retourne et aperçoit le roi.*) Pardon, monsieur, je n'avais pas l'honneur de vous apercevoir.

Le R. D'où vient, monsieur, que vous entriez par cette fenêtre?

Ces. Cela vient, monsieur, de ce que la porte était fermée.

Le R. Finissons-- que désirez-vous?

Ces. Ah! si vous voulez fuir vite, ne me demandez pas ce que je désire-- j'aurais trop de choses à vous répondre.

Le R. Mais, enfin, le motif qui vous amène?

Ces. J'ai aperçu, au balcon de cette maison, à la clarté des rayons de la lune, une femme-- que je désirais voir de plus près.

Le R. Une femme!

Ces. J'ai frappé à la porte, on a refusé d'ouvrir --comme je tenais à entrer, je me suis résigné à passer par la fenêtre--c'est alors qu'on a tiré sur moi. Sainte hospitalité, voilà comme on t'exerce! (*Il ôte son chapeau, une balle en tombe.*) Tiens! la balle a percé mon chapeau!

King. Why do you stand so far away from me, Madame?

Mar. Your pardon—it is because—

King. Eh! How pale you are! (Takes her hand and presses it between his.) This hand is frozen.

Mar. (Drawing her hand away quickly.) Count—

King. What is the matter, Madame?

Mar. Oh, I am indeed overcome with emotion; but this embarrassment, this emotion, should not surprise you. Our marriage was so strange—so peculiar that nothing should surprise us of one another. Forgive me, then, this present nervousness, and the avowal which I am going to make. (With an effort.) Count—I am afraid of you!

King. Afraid of me. And is it by fright that you return love—the love of a husband? (With authority.) Ah! we should like to know, (Correcting himself; kindly.) I want you to tell me, Maritana, why you tremble in my presence.

Mar. Your look is so severe, so imposing, that in spite of myself I cannot forget the distance that separates us—your rank and my humble origin. And then I cannot accustom myself to speak to you—as to a husband. I can scarcely raise my eyes to yours—in a word, I fear you.

King. And if I should force a smile to pierce this gloom? If this severe look should become tender and imploring, would I not obtain a little confidence, a little tenderness? Don Jose assured me that you awaited my return impatiently! Then Don Jose was deceiving me?

Mar. No, my lord; it is not you, but I who have been deceived.

King. How?

Mar. I will tell you. Longing to know my husband, I questioned the women who surrounded me, even to our servants, about the Count de Bazan, whose name I bore.

King. And they told you?

Mar. They told me that, ruined, abandoned, exiled by those of his own rank, he travelled through Spain as an adventurer, but that he always retained his pride and nobility; they told me that in the days of his poverty the chances of the gaming table were his only resources; but that he always remained loyal—he often fought without motive, but oftener still to defend and protect the weak. Well! There was something in this mixture of gaiety and courage, or generosity and misery, I don't know what charm, to which I surrendered myself in looking forward toward the future, and looking back upon the past. For I, too have been poor, alone and abandoned. Who knows, I said to myself, that sometimes, when I have been singing on the squares of Madrid, he has passed near by, laughing and singing in his poverty? He will understand my heart; he, a lost child as I was myself. He will understand how unhappy I must feel in this great palace alone.

I who wait for him to appear—
My heart filled with devotion
When at last they say: he is near!
My arms reached out with emotion.
You enter! I see you! Farewell sweet dream
Don Cæsar, the husband I longed so to see—

I pictured him as kind, so severe you seem
Fear enters my heart where love fain would be.
(The above can be replaced by the following:)
And I who awaited his return to final happiness, when they told me: He returns—my heart bent violently, my arms were extended with ecstacy! You arrived, I see you, I look at you—I do not recognize you! You are cold, imposing, severe. I felt that I was going to love, and—I feel that I fear.

King. (Affectionately.) Well, if you must have a husband who is careless and joyous, smile on me, my beloved, and the happiness of my heart will be reflected in my face.

Mar. (Escaping from him.) In the name of heaven! Count!

King. (With concentrated anger.) I see, I guess all, Madame. I have not always been near you; other hearts than mine have loved you; other voices than mine have spoken to you of love; another (bitterly), whose looks and face were less severe (is that not so?) did not find you so timid. And that is why, to-day, you repulse your husband—your lord and master!

Mar. (Overcome and resigned.) You are right, Count. It is for you to command and me to obey. (Bending her head.) You are my lord and master. (She bows and exits.)

SCENE VI.

THE KING, DON CÆSAR.

King. At last! She is mine! That it be love or fear that throws her in my arms; that she be happy or resigned—she is mine! (Is about to enter Maritana's apartment. Shot is heard outside and Don Caesar enters through the window.) A man! (Goes up stage, Caesar comes down without seeing him.)

Cæs. Disagreeable way of receiving people! Who the devil could have given me this warm reception. (King comes down stage watching Don Caesar.)

Laz. (Appears on the balcony at back with gun in his hand.) Don Caesar—it was Don Caesar! (He disappears.)

Cæs. Hey? (Turns round and perceives the King.) Pardon me, sir; I had not the honor of seeing you.

King. How is it, sir, that you enter here through that window?

Cæs. Because, sir, the door was shut.

King. Enough—what do you want?

Cæs. Ah, if you wish to get through quickly, don't ask me what I want—my answer would take too long.

King. But, in fine, what motives brings you here?

Cæs. I perceived on the balcony of this house a woman—whom I desired to see nearer.

King. A woman?

Cæs. I knocked at the door and they refused to open—as I wished to enter I resigned myself to get through the window.—It was then I was shot at. Holy hospitality! this is how your name is taken in vain! (He takes off his hat, a ball falls to the floor.) Ha! the ball has pierced my hat.

Le R. (*S'emportant.*) Maisde quel droit pénétrez-vous ici ?

Ces. Pardon-- si j'avais eu des droits, je les aurais fait valoir avant qu'on ne fît feu sur moi. Je demande à voir cette dame, voilà tout.

Le R. (*Brusquement.*) Je ne veux pas que vous la voyiez!

Ces. Comment ! vous êtes donc.

Le Roi. Le maître de ce logis.

Ces. De ce logis-- où se trouve la comtesse de Bazan ?

Le R. (*Vivement.*) Vous la connaissez ?

Ces. Très peu-- je ne l'ai vue que pendant quelques minutes. Mais, si elle habite ici, si cette demeure est la vôtre-- qui êtes-vous donc?

Le R. (*Avec hauteur.*) Je suis-- (*dirigeant ses regards vers la porte de Maritana*) je suis le comte de Bazan.

[*Il s'assied.*

Ces. (*Ebahi.*) Le-- le comte de Bazan ? (*A part.*) Par Dieu ! ma famille brave la mort bien mieux que le phénix !— car on n'a tué qu'un Bazan, et en voilà deux qui renaissent de sa cendre !

Le R. Voyons, monsieur, je vous ai dit qui je suis— à votre tour, de me dire qui vous êtes.

Ces. (*A part.*) Parbleu ! voilà un effronté menteur, et je veux.

[LAZARILLE *paraît au balcon.*

Laz. (*Bas.*) Chut !

Ces. (*Bas.*) Lazarille !

Laz. (*De même.*) C'est le roi.

[*Il disparaît.*

Ces. (*Otant son chapeau.*) Le—le roi, ici ! à cette heure !— Et ma femme. Ah ! je comprends tout !

Le R. Répondrez-vous enfin ?—qui êtes vous ?

Ces. Qui— je suis ?

Le R. Vous hésitez—cette question vous embarrasse,

Ces. Mais—beaucoup, j'en conviens. (*A part.*) Qui diable veut-il que je sois, maintenant qu'il s'est fait moi ?

Le R. Votre nom, monsieur ! je veux savoir votre nom !

Ces. Eh bien ! si vous êtes don César de Bazan— (*mettant fièrement son chapeau*) moi, je suis le roi d'Espagne !

Le R. Plaît-il ? le roi de.

Ces. Le roi— de toutes les Espagnes.

Le R. Vous êtes le roi d'Espagne ?

Ces. (*S'asseyant et se prélassant.*) Comme vous êtes don César de Bazan— mon Dieu, oui. Ah ! cela vous étonne de voir un majesté—(*se reprenant*) c'est-à-dire, ma majesté Charles II, sans suite, au milieu de la nuit, près d'une femme qui n'est pas la sienne. Que voulez-vous, don César, ma majesté ennuyait, ma majesté vient se distraire— Oh ! il faut à tout prix que cette royale folie demeure secrète—mais je suis tranquille, ce n'est pas vous qui trahirez ce mystere.

Le R. (*A part.*) L'insolent ! Mais quel peut être cet homme ?

Ces. Ah ! ça mais, j'y songe ! Ce don César, que vous êtes— je le connais. Je connais tous mes sujets. Ce don César est un brave gentilhomme, je le sais—beau cavalier, j'en conviens. Spirituel comme un démon, je vous l'accorde. (*Se levant.*) Mais si j'ai bonne mémoire, ce don César a tué en duel, au mépris de notre édit, un capitaine de nos gardes. Ce don César a été jugé, condamné, exécuté. Il est ou doit être mort— et vous, que je trouve ici, bien portant, vous me dites : je me nomme don César ! (*Se croisant les bras.*) De quel droit l'avez-vous, s'il vous plaît ? Ah ! vous êtes don César, et vous le criez tout haut ! Mais savez-vous que, si j'appelais, tout bon Espagnol pourrait et devrait tuer celui qui déclare être don César de Bazan ? (*Froidement.*) Mais je n'appellerai pas.

Le R. (*Qui s'est recueilli.*) Votre majesté oublie vite.

Ces. Qu'est-ce que ma majesté oublie ?

Le R. (*Appuyant.*) Elle oublie que don César de Bazan a eu la vie sauve, grâce au pardon du roi. Cette grâce a été signée à huit heures, le soir même de la condamnation, et consignée aux archives du royaume.

Ces. (*A part.*) Ah ! j'ai ma grâce ! (*Haut.*) Signée à huit heures ?—juste une heure après l'exécution ? Ah ! je vous ai fait grâce ! Ah ! j'ai été un roi généreux et clément—une heure trop tard ! (*A part.*) Je ne suis pas fâché de l'apprendre !

Le R. Vous voyez qu'il serait inutile d'appeler.

Ces. Comme il est inutile de me parer d'un titre qui ne m'appartient pas.

Le R. Ah ! vous avouez ne pas être—

Ces. Le roi d'Espagne ?—je l'avoue. Aussi bien, vous avez dû le soupçonner un peu—n'est-ce pas ?

Le R. Et vous êtes?

Ces. Un homme qui peut marcher à présent à visage découvert, qui n'a plus besoin de cacher ses titres et son nom. Je suis—

SCÈNE VII.

LES MÊMES, LAZARILLE.

Laz. (*Entrant et bas.*) Sire, un message secret.

[*Il met un genou en terre et présente une lettre au roi.*

Le R. Qu'ai je lu ! Trahison ! La reine a été prévenue !—elle est au palais de Aranjuez! Vite, mon cheval !

Laz. Il est tout prêt.

Le R. (*Le prenant à part.*) Tu appartiens à don José ?

Laz. Je suis son plus dévoué serviteur.

Le R. Aie les yeux sur cet homme.

Laz. Je ne le quitterai pas.

Le R. Qu'on l'éloigne d'ici, et surtout sache quel est son nom !

[*Il sort précipitamment.*

Laz. Eh quoi ! don César, c'était vous !

Ces. Moi, que tu as sauvé.

Laz. Et sur qui j'ai tiré un coup d'arquebuse !

Ces. Ah bah ! Ce n'était donc qu'un prêt que tu me faisais, en me sauvant la vie—puisque tu voulais me la reprendre tout à l'heure.

Laz. Oh ! je ne soupçonnais pas que ce fût vous !

Ces. C'est très-bien. Mais on t'a ordonné de me faire sortir de cette maison.

Laz. En effet.

Ces. Et si je refuse ? si je résiste ?

Laz. Résister ? contre qui ? Je suis seul ici, je suis tout à vous.

Ces. Brave garçon ! Si jamais je redeviens riche.

Laz. Vous me prendrez à votre service ?

Ces. Allons donc ?—je te donnerai dix laquais pour te servir. Mais, dis-moi, il y a une femme dans cette maison.

Laz. C'est vrai.

Ces. Je veux la voir, il faut que je lui parle— va la prévenir.

Laz. C'est inutile—la voici.

King. (Getting angry.) By what right do you enter here?

Cae. Pardon me—but if I had had my rights I should have exercised them before allowing them to fire at me. I ask an interview with that lady, that is all.

King. (Rudely.) I don't wish you to see her!

Cae. What? Then you are—

King. The master of this house.

Cae. This house—where the Countess de Bazan is?

King. (Quickly.) Then you know her?

Cae. Very slightly—I only saw her for a few minutes. But if she lives here, if this house is yours—who are you?

King. (Haughtily.) I am—(Looking towards Maritana's door.) I am the Count de Bazan. (Sits down.)

Cae. (In amazement.) The—the Count de Bazan? (Aside.) Before God! My family braves death better than the Phœnix!—For they only killed one Bazan and here are two born from his ashes!

King. Come sir, I told you who I am—now in turn tell me who you are.

Cae. (Aside.) That's the boldest liar I ever met.

Laz. (Appears on balcony. Alone.) Ssh!

Cae. (Low.) Lazarillo!

Laz. (Whispering.) It is the King. (He disappears.)

Cae. (Taking off his hat.) The—the King, here! At this hour!—And my wife, aha! I understand it!

King. Will you answer?—Who are you?

Cae. Who—I am?

King. You hesitatate. This question embarrasses you.

Cae. Very much, I acknowledge. (Aside.) Who the devil does he want me to be, now that he is me?

King. Your name, sir! I wish to know your name!

Cae. Well, if you are Don Cæsar de Bazan—(putting on his hat proudly) I, I am the King of Spain!

King. Beg pardon? The King of—

Cae. The King—of all Spain.

King. You are the King of Spain?

Cae. (Sitting down with dignity.) As you are Don Cæsar de Bazan! Ah! You are surprised to see his majesty (catching himself), I mean My Majesty, Charles II., without his suite, in the middle of the night, with a woman who is not his wife. You see, Don Cæsar, My Majesty needed amusement, and My Majesty came to find it—Oh! it is necessary that this Royal folly should remain secret—but I am not worried, it is not you who would betray this mystery.

King. (Aside.) Insolent fellow; who can this man be?

Cae. Ah, by the way! this Don Cæsar, whom you are—I know him. I know all my subjects. This Don Cæsar was a brave nobleman I know—a handsome cavalier I acknowledge. With the wit of the devil I grant you. (Rising.) But if my memory was good, this Don Cæsar killed in duel, in spite of our edict, one of the Captains of our Guard. This Don Cæsar was judged, condemned, executed, he is, or should be dead—and you whom I find here in perfect health, you say to me: My name is Don Cæsar. (Crossing his arms.) By what right, if you

please. Ah! you are Don Cæsar, you proclaim it! But do you know, were I to call, all good Spaniards could, and would kill, he who declares himself to be Don Caesar de Bazan? (Coolly,) But I will not call.

King. (Who has regained his composure.) Your Majesty forgets quickly.

Cae. What does My Majesty forget?

King. It forgets that Don Caesar de Bazan was pardoned by the King. That pardon was signed at eight o'clock of the night of the execution, and consigned to the Royal archives.

Cae. (Aside.) Ah! I have my pardon! (Aloud.) Signed at eight o'clock? Just an hour after the execution? Ah, I pardoned you! Ah! I have been a generous and merciful king —an hour too late. (Aside.) I am not sorry to learn of it.

King. You see, sir, it would be useless to call.

Cae. As useless as it is for me to usurp a title that does not belong to me.

King. Ah! You acknowledge you are not—

Cae. The King of Spain?—I do. You must have suspected it somewhat—did you not?

King. And you are?

Cae. A man who can walk boldly with head erect, who has no longer any need of hiding his titles and his name. I am—

SCENE VII.

The Same. LAZARILLO.

Laz. (Entering.) Speaks low to the King.) Sire a secret message. (Drops on one knee and presents a letter.)

King. What do I read? Treachery! The Queen has been warned—she is at the Palace of Aranjuez! Quick, my horse.

Laz. It's all ready.

King. (Taking him aside.) You belong to Don Jose?

Laz. I am his most devoted servant.

King. Keep your eye on that man.

Laz. I will not leave him.

King. Get rid of him, and above all find out his name. (Exits quickly.)

Laz. What, Don Caesar, is it you?

Cae. I whom you have saved.

Laz. And I shot at you just now.

Cae. Bah! It was only a loan you were making when you saved my life—since you wanted to take it just now.

Laz. Oh, I did not suspect it was you.

Cae. All right. You were ordered to get me out of this house.

Laz. So I was.

Cae. And if I refuse. If I resist.

Laz. Resist? Resist who? I am here all alone, and devoted to you.

Cae. Brave boy! If ever I get rich again—

Laz. You will take me in your service?

Cae. Nonsense—I will give you ten lackeys to serve you. But tell me, there is a woman in this house.

Laz. True.

Cae. I want to see her, I must speak with her—go and call her.

Laz. It's useless—here she is.

Mar. (*Entrant.*) Un étranger !

Ces. (*Bas.*) Laisse-nous.

Laz. J'obéis.

[*Il sort.*

SCÈNE VIII.

MARITANA, DON CÉSAR.

Ces. (*Après l'avoir regardée en silence.*) Enfin, nous sommes en présence, madame !-- et ce n'est pas sans peine-- de mon côté, du moins— car il m'a fallu échapper à la poursuite de dix alguazils, qui me serraient de près, l'épée les reins. Il m'a fallu braver l'accueil peu cordial qu'on me faisait ici à coups de mousqueton— et tout cela, pour vous voir !

Mar. Pour me voir ? Je ne comprends pas.

Ces. Vous semblez fort étonnée. Et cependant, nous nous connaissons bien—très-bien, que je puis vous dire qui vous êtes. (*Avec mépris*) et ce que vous êtes.

Mar. Monsieur !

Ces. Un jour, vous vous êtes dit : je suis belle. (*La regardant*) très-belle ! Mais ce n'est pas assez, je veux être une grande dame, moi — car une jolie fille, enfouie dans le peuple, c'est une fleur dans le désert, ou une perle au fond de l'Océan — je veux un titre qui m'élève au-dessus de la foule, qui me donne enfin la place que m'est-due. Voilà ce que vous vous êtes dit. N'est-il pas vrai, madame ?

Mar. Je vous repondrai, monsieur, quand je saurai qui vous êtes et ce que vous êtes !

Ces. Je suis un homme qui peut et doit vous demander compte de vos actions et de vos pensées !

Mar. Vous ? et de quel droit ?

Ces. Un juge — qui ne se serait pas montré bien sévère pour vous : car il n'a pas été bien rigoureux pour lui-même — qui devait vous pardonner votre ambition et votre orgueil : car il n'a pas su garder un peu de juste orgueil et de noble ambition. Mais, si j'ai fait bon marché de mon rang, j'ai toujours porté haut la tête et le cœur. Qu'avez vous fait, vous, madame, de mon honneur et de mon nom ?

Mar. Mais de quel honneur, de quel nom me parlez-vous ?

Ces. De mon nom et de mon honneur, madame ! Car je suis don César de Bazan !

Mar. Vous ! Cet homme est fou.

Ces. Vous ne me croyez pas ? je comprends cela — car vous comptiez sur ma mort — c'est dans le fond de ma prison que vous êtes venue chercher ce titre qu'il vous fallait — vous saviez que j'allais mourier — et en quittant l'autel — vous avez entendu peu-être le bruit des arquebuses qui devaient me tuer et vous rendre libre.

Mar. Que dit-il ?

Ces. Et vous avez fait tout cela, parce qu'il fallait un grand nom à une grande infamie ! Oh ! tenez, c'est un crime ! non, c'est plus qu'un crime, c'est une lâcheté !

Mar. Monsieur ! ecoutez moi, monsieur ! Tout ce que vous venez de me dire est faux — oui, tout cela est faux — je le sais bien — et pourtant, il y a en vous, en vos paroles, quelque chose de sincère et de vrai, qui m'ordonne de croire — Il y a dans votre accent quelque chose qui me pénètre et me bouleverse. Voyons, dites-moi, monsieur. Repondez, qui êtes-vous ?

Ces. Mais je vous l'ai déjà dit, madame, je suis don César de Bazan !

Mar. Mais don César de Bazan, je l'ai revu

aujourd'hui ce matin ! et tout à l'heure encore il était ici ?

Ces. Tout à l'heure, il n'y avait ici que votre amant — il n'y avait ici que le roi d'Espagne.

Mar. (*Égarée.*) Le roi !

Ces. Eh ! vous le saviez bien.

Mar. (*La tête perdue.*) Une preuve ! Et avez-vous une preuve de ce que vous dites ? Car enfin, moi, je ne peux pas deviner, je ne peux pas savoir — au pied de l'autel j'étais couverte d'un voile — C'était peutêtre un piége ! (*Vivement.*) Ah ! monsieur, si c'est vous, vous devez vous rappeller vos paroles, les seules que vous m'ayez addressées ?

Ces. Je m'en souviens, madame. Nous sortions de ma prison—le prêtre allait nous bénir — pauvre condamné, je riais de ma mort si prochaine—et, vous tendant la main, je vous dis : "Allons, madame, à vous ma vie tout entière."

Mar. (*Avec élan.*) C'est cela ! oui !—c'est bien cela ! c'est vous, vous, monsieur !

Ces. Moi, que l'on croyait mort, et qui viens troubler vos royales amours !

Mar. (*Noblement.*) Don César de Bazan, ne m'insultez pas ! défendez-moi !

Ces. Contre qui, s'il vous plaît ?

Mar. Mais vous me croyez donc leur complice ? Mais je ne savais rien de tout cela, moi, monsieur—je marchais dans les ténèbres, sans voir où l'on me conduisait. Ils m'ont dit : la reine vous appelle, vous attend—et je les ai écoutés. Ils m'ont dit qu'il fallait unir ma vie à celle d'un mari inconnu, invisible—et je les ai écoutés. Mon crime, que j'expie aujourd'hui, c'est mon orgueil, c'est mon ambition—et de celui-là, je demande pardon à Dieu ! Mais ne me dites pas que j'ai trempé dans cette horrible machination ! ne me dites pas que, derrière la femme de don César il y avait la maîtresse du roi ! Le roi cet homme—je l'ai vu aujourd'hui, tout à l'heure, pour la première fois—je lui ai dit qu'il m'épouvantait ! Il y a un instant, s'il avait franchi le seuil de cette porte, il ne m'eût pas trouvée vivante ! Mon Dieu, je ne sais que vous dire pour vous convaincre ! mais est-ce qu'il n'y a pas dans ma voix, dans mon regard, quelque chose qui vous dit : cette femme ne ment pas-cette femme n'est pas la maîtresse du roi !

Ces. Mais, à votre tour, madame quelle preuve avez-vous à me donner ?

Mar. Une preuve ? Ecoutez — vous êtes mon mari—vouz serez mon juge et mon maître. Si je n'ai pas tenu mes serments vous me chasserez ! si je suis indigne de vous, vous me condamnerez ! si je vous ai déshonoré, vous me tuerez !

[*Elle tombe à genoux.—Un bruit se fait entendre.*

Ces. (*A la fenêtre.*) Des hommes armés entourent la maison !

Mar. (*Epouvantée.*) Seigneur ! ne m'abandonnez pas !

Ces. (*Noblement.*) Relevez-vous, madame — vous ne serez la maîtresse du roi que lorsqu'on vous aura faite veuve du comte de Bazan !

Mar. Non ! fuyez ! ils vous tueraient, et je resterais sans défenseur—fuyez !

Ces. (*Souriant.*) Fuir d'un côté, pendant que le roi reviendra de l'autre !

Mar. (*Avec joie.*) Ah ! une inspiration du ciel ! Après la sainte protection de Dieu, il en est une autre pour nous—la reine ! oh ! elle me connaît, elle me sauvera. Où est-elle ? à Aranjuez, à l'Escurial—peu m'importe — dussé-je marcher

Mar. (Entering.) A stranger.

Cae. (Aside to Laz.) Leave us.

Laz. I obey. (Exits.)

SCENE VIII.

Maritana, Don Cæsar.

Cae. (After looking at her in silence.) At last Madame we meet—and not without trouble on my side at least—for I have been obliged to evade the pursuit of ten soldiers who were close upon my tracks with their swords almost in my side. I had to brave the reception made me here at the muzzle of a gun—and all that to see you.

Mar. To see me? I don't understand.

Cae. You seem quite surprised, however, we are well acquainted—very well, I can tell you who you are, (with contempt) and what you are.

Mar. Sir!

Cae. One day you thought yourself: I am beautiful, (looking at her) very beautiful, but that's not enough, I must be a lady—for a pretty girl lost in a crowd is a flower in the desert, or a pearl in the bottom of the ocean—I want a title which will raise me above the crowd and give me the place that is due me. That is what you said to yourself, is it not so, Madame?

Mar. I will answer you, sir, when I know who you are and what you are.

Cae. I am a man who can and will call to account your every action, your every thought.

Mar. You? By what right?

Cae. That of a Judge—who would not have been severe with you, because he has not been severe to himself—who ought to forgive your ambition and pride; because he did not know enough to guard his own pride and ambition. But if I valued my rank but little I have always carried my head high. What have you done, Madame, with my honor and my name?

Mar. Of what honor, of what name do you speak?

Cae. Of my name and my honor, madame. For I am Don Cæsar de Bazan.

Mar. You, the man is crazy.

Cae. You don't believe it? I understand that—because you counted upon my death—it is in the depth of the prison that you came to seek the title you needed. You knew I was condemned to die, and—on leaving the altar—you perhaps heard the discharge of the guns which was to bring me death, and you liberty.

Mar. What does he say?

Cae. You did all that because a great infamy needed a great name. Oh, it is a crime! No, it's worse than a crime; it's a cowardly act.

Mar. Sir, listen to me. All that you have just said to me is false; yes, it is false, and I know it; still there is something in you, in your words, so sincere that I can't help believing you—there is something in your manner that causes emotion; answer me, sir, who are you?

Cae. I have already told you, madam, I am Don Cæsar de Bazan.

Mar. But I saw Don Cæsar de Bazan to-day, this morning; he was here just now.

Cae. Just now, there was only your lover here—only the King of Spain.

Mar. (Startled.) The King!

Cae. Eh, you know it well.

Mar. Give me a proof of what you say, for I cannot guess, cannot know—at the foot of the altar I was covered with a veil—it was perhaps a snare. (Quickly.) Ah, sir, if it was you, you must remember your words, the only words you addressed me.

Cae. I remember them, madame, we were leaving my prison—the priest was about to bless us—poor condemned creature, I laughed with death looking me in the face; I extended my hand to you as I said, "Come, madame, to you my entire existence belongs."

Mar. (Quickly.) That's it! Yes! That is it; it was you, sir.

Cae. I, whom you believed dead, and who comes to trouble your royal love.

Mar. (Proudly.) Don Cæsar de Bazan do not insult me; defend me.

Cae. Against whom, if you please?

Mar. Then you believe me to be their accomplice? But I knew nothing of all this, sir—I was walking in the dark, not knowing where they were conducting me. They said to me, the queen calls you, awaits you—and I listened to them. They told me that I must unite my life to that of a husband unknown, invisible—and I listened to them. My crime, which I expiate to-day, was my pride, my ambition, and for that I seek pardon of God! But do not say that I was mixed in this horrible intrigue, do not say that behind the wife of Don Cæsar was the mistress of the King. That man whom I saw to-day for the first time—the King—I told him he frightened me—a moment ago had he crossed the threshold of this door he would not have found me alive. I know not what to say to convince you, but is there not something in my voice, my look, which says to you: This woman is not lying, this woman is not the mistress of the King!

Cae. But now in your turn, madame, what proof can you give me?

Mar. A proof! Listen—you are my husband—you will be my judge and master; if I have not kept my oath you will drive me away; if I am unworthy of you you will condemn me; if I have dishonored you you will kill me. (Falls on her knees. Noises heard outside.)

Cae. (At the window.) Armed men surround the house.

Mar. (Frightened.) My lord, do not abandon me.

Cae. (With dignity.) Rise madame—you will be the mistress of the King only when you have become the widow of the Count de Bazan.

Mar. No, fly, they will kill you, and I will remain with no one to defend me—fly.

Cae. (Smiling.) Fly in one direction, whilst the King will enter by the other.

Mar. (Joyfully.) Ah, an inspiration from heaven. After the holy protection of God comes another one—that of the Queen. Oh, she knows me, she will save me. Where is she? At Aranjuez, or the Escurial—it matters little, should I be obliged to walk all night, I will throw myself

toute cette nuit, je veux aller me jeter aux pieds de la reine, implorer son aide—elle me sauvera, vous dis-je !

[Elle s'élance vers la porte.

Laz. (*Entrant.*) Arrêtez ! impossible de sortir ! ces soldats.

Mar. (*Avec terreur.*) Grand Dieu ! ils viennent m'arracher d'ici !

Laz. Non—ils ont ordre de garder à vue cette maison, dont vous seule, madame, ne pouvez franchir la porte.

Mar. Eh bien ! don César, donnez moi votre parole de gentilhomme de faire que ce je vais vous dire !

Cés. Ordonnez, madame.

Mar. Courez à Araujuez—pénétrez jusqu'à la reine—dites-lui qu'autrefois je m'appelais Maritana—dites-lui le danger qui me menace. Je vous demande là un grand sacrifice—car je veux que vous alliez implorer une femme, quand il y a ici des hommes à combattre—mais,si vous faites cela—à vous, tout ce que je puis donner ! à vous, qui vous dévouez pour moi—à vous ma vie et mon âme tout entière !

Cés. (*Avec effusion*). Madame, avec de telles paroles, vous venez de faire un miracle ! Don César l'aventurier n'existe plus—don César le gentilhomme va renaître !

[Il lui baise la main et sort.

ACTE V.

Un oratoire. Deux portes latérales ; une fenêtre. Au fond, une madone. Une lampe suspendue éclaire la scène.

SCÈNE I.

MARITANA, *seule.*

Mon Dieu ! comme il tarde à revenir ! il y a près de trois heures qu'il est parti—et, puisque la reine est à sa résidence d'Araujuez, il devrait déjà l'avoir vue, avoir imploré son aide—il devrait être de retour près de moi, qu'il sait seule ici, abandonnée et tremblante ! Allons, tâchons de nous calmer—nul danger ne me menace et le ciel me protège. Oh ! oui, il veille sur moi—puisqu'il a permis que don César vînt assez tôt pour déjouer le piège qu'on m'avait tendu. Qu'entends-je ? (*Allant à la fenêtre.*) A travers cette obscurité, je distingue à peine. Un homme enveloppé d'un manteau ! lui, sans doute !

SCÈNE II.

MARITANA, LAZARILLE.

Laz. (*Avec effroi.*) Madame ! le vàilà ! c'est lui !

Mar. Qui, lui, don César.

Laz. Non, madame, non, c'est le roi !

Mar. Le roi ! miséricorde ! Ne me quitte pas !

Laz. S'il mordonne de sortir ?

Mar. Ne me quitte pas !

Laz. Mais c'est le roi, madame !

Mar. Qui, le roi, à qui tout obéit. Mon Dieu, vous n'avez donc pas pitié de moi ! mon Dieu, vous voulez donc que je succombe !

Laz. Il monte ! il arrive !

Mar. Et tu vas me quitter ? (*Lazarille baisse la tête.*) Eh bien ! une arme, du moins !

[Elle lui prend son poignard.

Laz (*Effrayé.*) Eh quoi ! vous oserez la tourner —contre lui ?

Mar. Non, contre moi—car s'il et sans pitié—je ne me défendrai pas—je me tuerai.

SCÈNE III.

Les Mêmes, LE ROI.

Le R. (*Entrant, bas à* LAZARILLE.) Cet étranger, que j'ai laissé ici ?

Laz. Est parti presque aussitôt.

Le R. Qui était-il ? que venait-il faire dans cette maison ?

Laz. Chercher un refuge contre des alguazils qui le poursuivaient.

Mar. (*A part;*) Que peut-il lui dire ?

Le R. (*Haut.*) Maintenant laisse-nous. (LAZARILLE *regarde* MARITANA *et hésite*.) Eh bien ?

Mar. Obéissez à votre maître—au mien—exécutez les ordres—de sa majesté Charles II.

Le R. Que dit-elle ? (LAZARILLE *sort.*) Qui donc a osé me trahir ?

Mar. (*Avec amertume.*) Celui qui vous a trahi, sire, je vais vous le faire connaître.

Le R. Parlez !

Mar. Celui qui vous a trahi c'est l'homme qui vous a conseillé une perfidie et un mensonge indignes d'un roi !

Le R. Madame !

Mar. C'est l'homme qui s'est joué du serment le plus saint, des liens les plus sacrés, et qui m'a dit, à moi : Maritana, voici votre époux, voici le comte de Bazan !

Le R. Eh bien, puisqu'on vous a révélé mon rang et mon titre, je veux que vous sachiez la vérité tout entière ! je le veux — car cette contrainte était un supplice, ce mensonge révoltait ma fierté, je rougissais de honte sous ce masque d'imposture ! Oui, je suis le roi—mais non plus ce roi timide et faible, qui laisse le pouvoir aux mains d'un ministre, et qui tremble devant une femme.—Mon pouvoir, je l'emploierai pour briser quiconque voudrait t'arracher de mes bras !

Mar. Grand Dieu !

Le R. Car, depuis que je te connais, Maritana, j'ai senti naître en moi une volonté impérieuse et forte, grande et indomptable, comme l'amour que tu m'inspires — et j'ai juré que tu serais à moi !

Mar. (*S'éloignant.*) Oh ! laissez-moi ! Laissez-moi, je vous en conjure !

Le R. Maritana, je t'aime ! et c'est la première fois que ce feu dévorant brûle mon âme — c'est la première fois qu'une parole d'amour s'échappe de mes lèvres !

Mar. Sire, vous aurez compassion de moi—vous me laisserez seule ici— Oh ! je vous bénirai — si vous consentez à partir !

Le R. Partir, quand je te vois sans témoins, quand je te parle sans contrainte, et quand il est venu, enfin, ce jour que j'appelais de tous mes vœux !

Mar. Oh ! vous entendrez ma voix, vous aurez pitié de mes pleurs !

Le R. Un délire comme le mien ne se calme pas avec une parole—un feu comme celui qui me dévore ne s'éteint pas avec une larme !

Mar. Arrêtez, sire ! (*Montrant le poignard.*) Un pas de plus, et vous m'aurez tuée !

Le R. (*S'arrêtant.*) Mais c'est donc de l'horreur que je vous inspire ?

Mar. Non ! je ne vous hais pas sire, mais j'appartiens à un autre—

Le R. Que dites-vous ?

Mar. Un autre, pour qui je saurai me garder chaste et pure—qui doit me retrouver digne de lui, ou me retrouver morte !

Le R. Mais quel est-il donc, cet homme ?

at the feet of the Queen, and implore her assistance—she will save me I tell you. (Rushes to the door.)

Laz. (Entering.) Stop. Impossible to go out, there are soldiers.

Mar. (Frightened.) Great heavens, they come to drag me from here.

Laz. No—their order is to watch this house. You alone, madame, are forbidden to pass its portal.

Mar. Well, Don Caesar, give me your word as a gentleman to do what I am about to ask.

Cae. Command me, madame.

Mar. Fly to Aranjuez—reach the Queen—tell her that once my name was Maritana—tell her that I am in danger. I ask a great sacrifice I know, for I ask you to go and implore the favor of a woman, when there are men here to fight—but if you do that, if you sacrifice yourself for me, my life, my whole soul is your's alone.

Cae. (With enthusiasm.) Madame, such words from you have worked miracles. Don Caesar the adventurer no longer exists—Don Caesar the nobleman is born again. (Kisses her hand and exits.)

ACT V.

A Chapel. Two doors on either side. A window. At back a Madonna. A lamp suspended from the ceiling.

SCENE I.

MARITANA (Alone.)

Mar. How long he stays ! It's nearly three hours since he started—and since the Queen is in her Palace at Aranjuez, he should have seen her already, and implored her aid—he should be back at my side. He knows I am here alone frightened and abandoned! Come, I will try and be calm—no danger threatens me and Heaven protects me. Oh yes! it watches over me—since it permitted Don Caesar to reach me in time to save me from the snares they had laid for me. What is that? (Going to the window.) I can scarcely see in this obscurity, a man wrapped in a cloak, he no doubt!

SCENE II.

MARITANA, LAZARILLO.

Laz. (Frightened.) Madame ! here he is, 'tis he !

Mar. He, who, Don Caesar?

Laz. No, Madame, no, it's the King.

Mar. The King ! Merciful Heaven ! Do not leave me !

Laz. If he orders me to leave?

Mar. Do not leave me.

Laz. But it's the King, Madame!

Mar. Who, the King whom all obey? Great God have you no pity on me! Will you not save me?

Laz. He is coming upstairs ! He is here !

Mar. And you are going to leave me? (Laz. hangs his head.) Well, at least give me a weapon. (Takes his dagger).

Laz. What! Would you dare use it against him?

Mar. No, against myself—because if he has no mercy, I will defend myself—I will kill myself.

SCENE III.

The Same, The KING.

King. (Entering) (Low to Laz.) This stranger whom I left here?

Laz. Left immediately.

King. Who was he? What did he want in this house?

Laz. To seek a refuge from the soldiers who were pursuing him.

Mar. (Aside.) What can he be telling him?

King. Now leave us. (Laz. looks at Mar. and hesitates.) Well?

Mar. Obey your master—and mine—execute his orders—the orders of His Majesty Charles II.

King. What does she say? Who has dared to betray me? (Laz. exits.)

Mar. (Bitterly.) He who has betrayed you Sire I will make known to you.

King. Speak !

Mar. The man who betrayed you is the one who advised this perfidy and deception unworthy of the King.

King. Madame !

Mar. This man who made light of the holiest of vows, the holiest of ties and who said to me : Maritana, this is your husband, this is the Count de Bazan.

King. Well, since they have revealed to you my rank and title, I wish you to know the whole truth! I wish it—for this constraint was a torture, this lie was revolting to my pride, and I blush with shame beneath this mask! Yes I the King—no longer that timid and weak Monarch who leaves his power in the hands of his Minister and who trembles before a woman. I will employ that power in crushing who ever should try to snatch you from my arms!

Mar. Great Heavens !

King. For since I know you Maritana, I have felt an imperious will, as great and indomitable as the love which you inspire me, spring up in my heart—and I have sworn that you will be mine.   [you!

Mar. Oh, leave me! Leave me, I beg of

King. Maritana, I love you! And it is the first time that this fire burns in my soul—the first time that a word of love escapes my lips!

Mar. Sire, you will have mercy upon me—you will leave me here, alone. Oh, I will bless you—if you consent to leave!

King. Leave, when I see you here without witnesses, can speak to you without constraint, when this day which I have so longed for, has at last arrived!

Mar. Oh, you will listen to me, you will have pity on my tears!

King. A delirium like mine cannot be calmed by a word—a fire like that which devours me cannot be extinguished by a tear!

Mar. Stop, Sire! (Showing dagger.) One more step and you will have killed me!

King. (Stopping.) Then I inspire you with horror ?

Mar. No! I do not hate you, Sire, but I belong to another—

King. What do you say?

Mar. Another for whom I will know how to remain chaste and pure—who must find me worthy of him, or find me dead.

King. But who is this man?

Mar. Cet homme, c'est mon mari, sire ! C'es don César de Bazan—

Le R. (*Allant à elle.*) Mais don César de Bazan est mort !

Ces. (*Entrant.*) Pas encore, sire ! puisque votre majesté a daigné lui faire grâce !

SCÈNE IV.

Le Roi, Maritana, Don César.

Mar. (*Avec un cri de joie.*) Ah ! je n'ai plus besoin de cette arme ! j'ai, pour me défendre, la présence de mon mari !

Le R. Votre—votre mari, madame ! lui !

[Don César, *sans dire un mot, va fermer les deux portes et en retire les clefs.*

Le R. (*Qui l'a suivi des yeux.*) Que faites vous là monsieur ?

Ces. (*Avec calme.*) Je ferme ces deux portes, sire—afin que nul n'entre ici—afin que nul n'entende ce qui ne doit être entendu que de vous—et d'elle—de cette pauvre femme que vous voyez là haletante et brisée.

Mar. (*A part.*) Que va-t-il dire ? que va-t-il faire ?

Ces. (*Continuant.*) Si celui qui vient de l'outrager—était un gentilhomme, un soldat, comme moi—je ne sais si je lui aurais même laissé le temps de tirer son épée ! En pareil cas, on ne se bat pas—on tue ! (*Avec l'accent du respect.*) En face de vous, qui êtes mon roi—(*étant son épée et la présentant au roi.*) je désarme ma colère et ma vengeance. J'ai peur—oui, sire, j'ai peur moi-même de l'orage qui gronde là au fond de mon cœur—et s'il éclate ! si j'oublie tout ! car vous savez, on n'est pas toujours maître, de sa volonté et de son bras. Eh bien ! Je veux que ma volonté soit impuissante et que mon bras soit désarmé.

Le R. Monsieur ! c'est au roi d'Espagne que vous parlez ?

Ces. Dirais-je à tout autre qu'au roi d'Espagne : Prenez mon épée et brisez là ! (Le Roi *repousse du geste l'épée ;* Don César *la jette loin de lui.*) Mais cependant il lui faut une réparation—une vengeance—à ce mari, que votre royale main vient de souffleter. Et laquelle ? Que peut l'offensé, quand l'offense tombe de si haut ? Comment, dans ma faiblesse, lutter contre toute votre puissance ? A défaut du sang, qui ne peut couler, est-il d'assez terribles représailles ? (*Avec force.*) Oui ! mieux que du sang, plus que la mort !

Le R. (*Hors de lui.*) Insolent! (*Se calmant tout à coup.*) Continuer—nous voulons savoir jusqu'où ira cette audace.

Mar. (*Bas et avec effroi.*) Don César ! c'est le Roi !

Ces. (*Froidement.*) C'est le roi, puis-qu'il existe encore. (*S'adressant au roi.*) Sire—cette pauvre femme, que la lutte épouvantait, a demandé secours et protection—à Dieu, d'abord—puis, à celle dont tout bon Espagnol ne prononce le nom qu'avec amour et respect—à la reine.

Le R. (*Vivement.*) La Reine !

Ces. J'ai couru au palais d'Aranjuez.

Le R. Vous avez osé !

Ces. (*Poursuivant.*) Espérer qu'on me laisserait arriver jusqu'à sa majesté. C'était folie— Aussi, profitant de l'obscurité et bravant les arquebuses des sentinelles—

Mar. O ciel !

Ces. (*Souriant en la rassurant.*) Les balles ne m'atteignent pas. (*Reprenant.*) J'escaladai le mur du parc royal—comme un malfaiteur, comme un voleur (*amèrement.*) et pourtant, ce n'est pas moi qui allais voler chez autrui ! Je m'enfonçais dans le massif, dont le feuillage rendait l'ombre plus épaisse encore—j'avançais toujours, décidé de rencontrer la reine—ou la mort —quand tout à coup j'entends deux voix—la voix d'une femme—l'une, tremblant d'émotion, l'autre vibrante et fière. J'écarte le feuillage, je regarde vers l'allée, qu'éclairaient les rayons de la lune. La femme, belle, mais pâle, les yeux hagards, les traits bouleversés, écoutait avec terreur. L'homme était à ses genoux, et des deux mains étreignait les plis de sa robe—" Il vous trompe, madame s'écriait-il—cette nuit même, à l'instant où je vous parle, votre mari est aux bras d'une maîtresse—et je vous aime, moi, d'un amour qui m'élève au-dessus de lui, qui me grandit jusqu'à vous ! Vous faut il une preuve de cet amour? Demandez-moi mon sang et ma vie ! vous faut-il une preuve de son crime ?—Vous l'aurez bientôt !—Averti par moi que le roi s'est égaré pendant la chasse, tous les officiers de sa suite vont parcourir la forêt, se feront ouvrir une maison isolée, et ils trouveront leur monarque adultère ! " Voici ce qu'il disait.—Et maintenant, sire, devinez-vous quels étaient cet homme et cette femme ? C'était don José de Santarem, que vous avez fait votre ministre et votre ami. Et c'était la reine d'Espagne !

Mar. La reine !

Le R. (*Avec explosion.*) Répétez ! répétez ce que vous venez de dire ! Mensonge ! (*A part, avec terreur.*) S'il avait dit vrai ! Ah !

[Il s'élance vers la porte.

Ces. (*Froidement.*) Je vous ai dit, sire, que j'avais fermé ces deux portes.

Le R. Misérable !

Ces. Je vous ai dit, sire, qu'il fallait une réparation et une vengeance à ce mari—qui avait déposé son épée, parce qu'il avait peur de lui-même—Vous me comprenez à présent, n'est-ce pas ? A l'heure qu'il est, le ministre trahit son roi, le sujet ose dire à sa reine son insolent amour ! Triste égalité ! Pendant que le déshonneur entrait dans la maison d'un gentilhomme, l'outrage pénétrait dans le palais du Roi !

Le R. Don César, ouvrez cette porte !

Ces. (*Sans l'écouter.*) Ce que vous êtes venu faire chez moi, un autre ose le tenter chez vous— et vous ne sortirez pas ! L'heure s'écoule—pour vous, chaque minute est un siècle d'angoisses — et vous ne sortirez pas ! Vous souffrez toutes les tortures que vous m'avez fait souffrir, à coup ! et vous ne sortirez pas !

Le Roi. Don César, ouvre cette porte !

Ces. (*Riant amèrement.*) C'est horrible supplice, n'est-il pas vrai ?

Le R. (*S'élançant vers lui.*) Don César ! reprenez cette épée, et défendez-vous ! Je ne suis plus le roi d'Espagne—vous ne me connaissez pas—Fer contre fer, sang contre sang ! puisque l'outrage et la trahison m'ont fait votre égal—puisqu'il me faut marcher sur votre corps, pour sortir de cette maison !

Mar. (*Épouvantée.*) Sire, au nom du ciel !

Le R. Défendez-vous, ou je vous frappe !

Ces. (*Présentant sa poitrine.*) Il se fait trop tard.

Le R. (*Laissant retomber son bras.*) Trop tard!

Mar. (*A part.*) Trop tard !

Ces. (*Avec noblesse.*) Depuis quand, s'il vous plait, dans notre vieille Espagne, un gentilhomme ne sait-il plus défendre sa femme qu'on insulte ? Vous avez cru que j'aurais vu et entendu

Mar. This man is my husband, Sire! It is Don Caesar de Bazan—

King. (Going to her.) Don Caesar de Bazan is dead!

Cae. (Entering.) Not yet, Sire! Since Your Majesty has deigned to pardon me!

SCENE IV.

THE KING, MARITANA, DON CAESAR.

Mar. (With cry of joy.) Ah, I need this weapon no longer! I have my husband here to defend me!

King. Your—your husband, Madame! He! (Don Caesar locks both doors, takes out the keys without saying a word.) (King watches him silently.) What are you doing, sir?

Cae. I am locking the doors, Sire—so that none should enter here, that none should hear what should be heard by you—and she alone—the poor woman whom you see before you crushed and fainting.

Mar. (Aside.) What is he going to say? What is going to do?

Cae. Well, if he who has just insulted her had been a gentleman, a soldier like myself—I do not know whether I would have allowed him the time to draw his sword! In such cases they do not fight—they kill! (With respect.) Before you, who are my king (drawing his sword and presenting it to the King) I disarm my anger and my vengeance. I am afraid—yes, Sire, I am frightened myself at the storm which is raging in the depth of my heart—if it should burst forth, if I should forget all, for you know one is not always master of his will and his arm. Well, I want my rage to be powerless and my arm to be without weapon.

King. Sir, it is to the King of Spain you speak!

Cae. Would I say to any other than the King of Spain: Take my sword and break it? (King with a gesture refuses the sword.) (Don Caesar throws it one side.) Nevertheless there must be reparation—revenge—for this husband whom your royal hand has struck. And what vengeance? What can the offended party do when the offence falls from so high? How in my weakness can I struggle against your power? In place of the blood that cannot flow is there any revenge terrible enough? (Firmly.) Yes, better than blood, better than death.

King. (Beside himself.) Insolent fellow. (Calming himself suddenly.) Continue—we wish to know how far your audacity will go.

Mar. (Low, frightened.) Don Caesar, it is the King!

Cae. (Coolly.) It is the King, since he still exists. (To the King.) Sire, this poor woman whom the struggle has frightened has already sought help and protection—first of God—then of her whose name all good Spaniards pronounce with love and respect—the Queen.

King. (Quickly.) The Queen!

Cae. I have been to the Palace of Aranjuez.

King. You have dared!

Cae. I hoped to reach her Majesty. Folly! So profiting by the obscurity and braving the guns and sentinels—

Mar. Oh, Heavens!

Cae. (Smiling and encouraging her.) The balls did not reach me. I climbed the wall of the royal park—like a thief. (Bitterly.) However, it was not I who was going to rob another! I penetrated the massive thickets, whose foliage hid me from sight. I advanced, decided to meet the Queen or death, when suddenly I heard two voices, one a woman's voice, trembling with emotion, the other proud and harsh. I parted the leaves and looked down the avenue, which was lighted by the rays of the moon. The woman, beautiful but pale, with haggard eyes, was listening in terror. The man was on his knees, his two hands were clutching the folds of her dress. "He is deceiving you, Madame," he was saying. "This night, this moment, as I speak to you, your husband is in the arms of a mistress, and I love you with a love that raises me above him and makes me attain to your height! Do you wish a proof of that love? Ask for my heart's blood, for my life! Do you wish a proof of his crime? You will soon have it! Warned by me that the King has become separated from the hunting party, all the officers of his suit are going to scour the forests, they will force an entrance into an isolated house, where they will find there a guilty monarch." That is what he was saying, and now, Sire, can you guess who that man and woman were? It was Don Jose de Santaren, whom you have made your prime minister and your friend. And it was the Queen of Spain!

Mar. The Queen!

King. (Furiously.) Repeat that! Repeat what you have just said; it is a lie! (Aside, in terror.) If he should have told the truth! Ah! (Rushes to the door.)

Cae. (Coolly.) I told you, Sire, that I had locked both doors.

King. Wretch!

Cae. I told you, Sire, that this husband desired reparation and revenge; that he had laid down his sword because he was afraid of himself. You understand now, do you not? At this moment the minister betrays his King, the subject dares speak to his Queen of love! Misfortune levels us. Whilst dishonor was entering the house of a nobleman, outrage was penetrating the palace of the King.

King. Don Caesar open this door.

Cae. (Without listening to him.) What you came to do in my house another was attempting in yours—and you will not leave here. The hour is passing—for you each minute is a century of agony; you will not leave here! You will suffer this torture as you have made me suffer it! And you will not leave here!

King. Don Caesar, open this door!

Cae. (Laughing bitterly.) It is horrible torture, is it not true?

King. (Rushing to him.) Don Caesar! Pick up that sword and defend yourself! I am no no longer the King of Spain—you do not know me—steel against steel, blood for blood; since outrage and treachery have made us equal, since I must walk over your body to leave this house!

Mar. (Frightened.) Sire, in the name of Heaven!

King. Defend yourself, or I strike. (late.

Cae. (Presenting his breast.) It is getting too

King. (Dropping his arm.) Too late!

Mar. (Aside.) Too late!

Cae. (Nobly.) Since when, if you please, in our old Spain, has a nobleman forgotten how to defend a wife who is insulted? You thought that I would have seen and heard all this without

tout cela, sans châtier l'infâme qui s'était fait un marchpied de mon honneur pour atteindre jusqu'au vôtre! Tenez, sire, tenez, voici le collier dont vos royales mains avaient décoré cet homme, et dont, moi, jai dépouillé son cadavre!
[Il présente le collier au roi.]

Mar. Mort!

Le R. Et c'est vous.

Cés. Je l'ai frappé de ma main au visage, je l'ai frappé au cœur de mon épée. J'ai sauvé votre honneur—mettant un genou en terre, en montrant Maritana et maintenant, disposez du mien! (On entend un grand bruit, et les mots: Le Roi! le Roi!)

Le R. (Vivement.) Relevez-vous.

SCÈNE V.

Les Mêmes, Officiers de la maison du Roi.

Tous. (Se découvrant.) Ah! voici le roi!

Le R. Rassurez-vous, messieurs—nous étions dans la maison du comte de Bazan—nous avions, pour hôte et pour défenseur, le plus loyal, le plus fidèle de nos gentilshommes. (Mouvement général.) Don César de Bazan, nous vous nommons gouverneur de notre ville de Valence—(Appuyant) à cinquante lieues de Madrid.

Cés. (A demi-voix.) Sire—le gouvernement de Grenade est aussi vacant—votre majesté daignait.

Le R. (Bas.) Et pourquoi plutôt Grenade que Valence?

Cés. C'est que—(baisant la voix.) Grenade est à cent lieues de Madrid.

Le R. (Près de sortir.) Messieurs, nous nommons Don César de Bazan gouverneur de Grenade.

(Le roi s'éloigne, suivi de ses officiers. Don César tombe aux genoux de sa femme.)

FIN.

---

punishing the infamy which made my honor a stepping stone to reach yours? Here, Sire, here is the necklace which your royal hands placed around the neck of that man, and which I took from his body (He presents the necklace to the King.)

Mar. Dead!

King. And it is you?

Cae. I struck his face with my hand, I struck his heart with my sword. I saved your honor (dropping on one knee and pointing to Mar.) and now dispose of mine! (Noise heard outside. Voices crying, the King! the King!)

King. (Quickly.) Rise.

SCENE V.

The Same, Officers of the KING's Household.

All. (Taking of their hats.) Ah, here is the King.

King. Reassure yourselves, gentlemen. We were in the house of the Count de Bazan—we had for a host and defender the most loyal, the most faithful of our gentlemen. (General movement.) Don Caesar de Bazan, we name you Governor of our city of Valencia—(pointedly)—fifty miles away.

Cae. Sire, the governorship of Grenada is also vacant, would your Majesty deign—

King. And why Grenada, rather than Valencia?

Cae. (Lowering his voice.) Grenada is a hundred miles from Madrid.

King. (About to exit.) Gentlemen, we name Don Caesar de Bazan Governor of Grenada. King goes out, followed by his officers. Don Caesar falls on his knees at the feet of Maritana.)

THE END.

www.ingramcontent.com/pod-product-compliance
Lightning Source LLC
Chambersburg PA
CBHW022207020726
47496CB00008B/2914